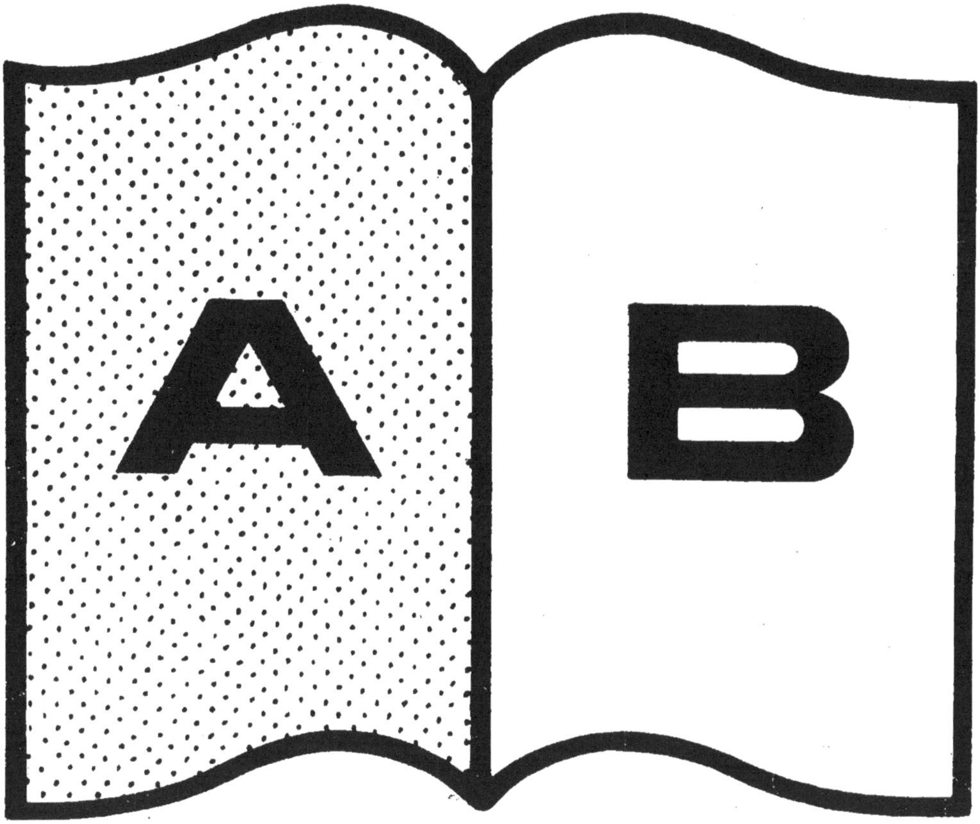

A B

JACQUES LEMAIRE

Le Tambour-Major Flambardin

ILLUSTRATIONS DE JOB

PARIS
LIBRAIRIE CH. DELAGRAVE
15, RUE SOUFFLOT, 15

Le
Tambour-Major Flambardin

COULOMMIERS. — IMPRIMERIE PAUL BRODARD

JACQUES LEMAIRE

Le Tambour-Major Flambardin

ILLUSTRATIONS DE JOB

PARIS
LIBRAIRIE CH. DELAGRAVE
15, RUE SOUFFLOT, 15

1894

LE TAMBOUR-MAJOR FLAMBARDIN

CHAPITRE PREMIER

COMMENT PLACIDE FLAMBARDIN ENTRA EN RELATIONS AVEC HERCULE DE HAUTPIGNON ET CE QUI S'EN SUIVIT

Plic! Plac!

Le 2 juin de l'an de grâce 1788, le bruit de deux gifles formidables retentit dans la cour du collège des Quatre-Nations, et aussitôt — tant est curieuse la gent écolière, avide de tout événement rompant l'accoutumée monotonie de chaque jour — les pensionnaires de la division des grands s'empressèrent unanimement d'accourir vers l'endroit où venaient de se faire entendre ces sons inusités.

Monsieur Pessimus.

Le vénérable M. Pessimus, chargé de la pénible mission de maintenir dans la règle toutes ces jeunes têtes, se précipita comme ses élèves, mais avec la gravité qui convenait et la sage lenteur congruente au prestige indispensable à tout membre de l'Université de France.

Un spectacle déplorable frappa sa vue. Il n'y avait aucune illusion à se faire, le vidame Hercule-Eudore-Pâris de Pontcassé de Hautpignon venait d'être souffleté avec la dernière vigueur et ses nobles joues portaient encore la marque de la main plébéienne qui venait de le frapper.

Car, hélas! l'auteur de ce scandale inouï était Placide-César-Honoré Flambardin, fils de César-Aristoloche Flambardin, parfumeur, à l'enseigne du *Galant-Berger*, fournisseur avec privilège de Mesdames, filles du roy, et de la cour, inventeur de la « Rosée printanière », crème rafraîchissante destinée à la noblesse, et pour la composition de laquelle le génie professionnel de ce notable commerçant avait arraché aux fleurs leur secret parfumé, afin qu'elles eussent l'honneur de rendre leur premier éclat à bon nombre de teints aristocratiques, mais couperosés.

M. Pessimus fit glisser ses lunettes sur l'extrémité de son nez : marque d'indignation suprême chez le docte professeur dont on pouvait prendre pour baromètre la position des besicles sur un organe olfactif, un peu jaunâtre et bizarrement contourné, telle une pomme de terre, alors nommée Parmentière, du nom de l'illustre savant qui venait de populariser ce bienfaisant et si éminemment utile légume.

« Élève Flambardin, fit gravement M. Pessimus, je ne qualifierai pas votre conduite, elle est digne de tous les blâmes des personnes sensées, et je ne craindrai pas d'avancer qu'elle dénote un caractère de sauvagerie et de rébellion présageant infailliblement la roue à vos déplorables instincts, peut-être la potence, à coup sûr les galères. »

Après cet exorde où brillait une médiocre bienveillance, l'orateur, en une remarquable improvisation, cita force passages de Sénèque et de Cicéron, flétrit en passant Catilina, comparé pour la circonstance au coupable Placide et conclut en sommant l'objet de tant d'éloquence, de le suivre chez M. Cochrysidès, l'éminentissime Régent du collège des Quatre-Nations, pour qu'il prononçât, comme il convenait à sa haute situation, la peine suprême due à un aussi insigne forfait.

Il n'est pas hors de propos, tandis que le pauvre Flambardin subit une seconde homélie, due cette fois à M. Cochrysidès lui-même, de dire un mot du jeune gentilhomme si fâcheusement outragé par son condisciple.

Le vidame Hercule-Fabien-Théotime de Pontcassé de Hautpignon, son

Imprimant aux draps un mouvement de balancement...

père, habitait, au fond de l'Auvergne, une petite gentilhommière en fort mauvais état, où il vivait péniblement du maigre revenu de quelques champs constituant son unique fortune, mais ce haut et puissant seigneur — il se qualifiait tel — épargnait férocement sur ses minimes ressources, pour entretenir un cheval boiteux et deux bassets étiques, dans l'unique but de parler de « son écurie » et de « sa meute » à tout venant, avec le plus superbe orgueil du monde.

Hercule-Eudore-Pâris avait eu le malheur de perdre son protecteur naturel, et son tuteur, le marquis de Valsayre, son plus proche parent, l'avait bien voulu recueillir, pour le confier aux soins de maître Virgilius Cochrysidès, afin de lui faire faire ses exercices avant d'entrer aux pages du roi et d'obtenir, par la suite, une cornette dans un régiment de cavalerie ou une lieutenance d'infanterie.

Le jeune hobereau avait reçu une éducation fort primitive, car son père l'entretenait uniquement de vénerie, pour le reste, s'en rapportant à la Providence et à ce principe émis par Mascarille, que « les gens de qualité savent tout sans avoir jamais rien appris ».

En outre, Hercule avait une nature sournoise et hypocrite, fort soumis au demeurant, avec les plus forts que lui, mais arrogant et cruel avec ses inférieurs.

C'est cet aimable personnage que Placide, dans sa seconde année de collège, eut pour voisin, au dortoir, au réfectoire et en classe; il ne fut pas longtemps sans avoir à souffrir des persécutions du jeune gentilhomme persuadé que ce fils de marchand était à sa merci et serait trop heureux qu'il le voulût bien tourmenter. Il le raillait notamment au sujet de sa taille — quelque peu démesurée pour son âge, à la vérité — et le gratifiait d'épithètes blessantes.

Mais l'héritier du *Galant-Berger* ne l'entendait pas de la sorte, et, après avoir déployé quelque temps une patience peu accoutumée, il se rua un beau soir sur son persécuteur et lui appliqua les deux gifles dont nous avons parlé au commencement de cette véridique histoire.

Placide étant d'une taille très au-dessus de la moyenne et d'une force proportionnelle, si Hercule ne s'écroula pas sous la main puissante qui le souffletait, c'est que tout aussitôt il reçut du côté opposé, la même vigoureuse correction, application évidente de cet axiome de physique, que deux forces égales et contraires se neutralisent.

La sentence prononcée par M. Cochrysidès fut celle-ci : Le coupable serait mis premièrement au cachot, condamné au pain et à l'eau, et livré à toute

Il allongea sa jambe droite entre celles du sous-officier...

l'horreur de ses remords, en attendant qu'il fût définitivement statué sur les mesures à prendre à l'égard d'un garnement de sa sorte.

Le cachot, petite pièce assez triste, située sous les combles, convint peu à Placide, le menu lui parut assez fade et la solitude lui pesa tout de suite.

Après avoir fait une courte promenade dans cet agréable endroit, où l'on pouvait marcher environ trois pas en longueur et deux en largeur, l'écolier bâilla, essaya inutilement de dormir, puis rêva au bon temps où il n'était pas sous les verrous du collège et où il entraînait avec lui aux Prés Saint-Gervais, les jeunes notables commerçants du quartier, courant dans l'herbe aux senteurs grisantes, parmi les floraisons d'avril, se ruant à l'assaut des églantiers roses et des haies fleuries d'aubépines.

Ce mode de distraction épuisé, il réfléchit profondément et, songeant qu'à tout prendre, il serait toujours puni par son père :

« Bah ! se dit-il, un peu plus, un peu moins !... »

Et il résolut de s'évader.

Comme il avait lu le récit des évasions de M. de Latude, et que, d'autre part, il ne manquait ni d'imagination, ni de hardiesse, il eut bientôt fait son plan.

Il commença par desceller avec son couteau, un des barreaux de la fenêtre, puis, nouant fortement ses draps, il les attacha aux barreaux restant et se laissa glisser au dehors.

Malheureusement, il s'en fallait de moitié que la longueur de cet engin fût suffisante, et voilà le fugitif arrivé à l'extrémité des draps, et suspendu dans le vide, ayant au-dessous de lui la hauteur de deux étages.

Il y avait à un mètre environ sur la gauche une gouttière.

« Si je puis la saisir, pensa-t-il, je m'y cramponne solidement, je me laisse aller jusqu'en bas, et je suis sauvé ! »

Aussitôt, imprimant aux draps un mouvement de balancement, il parvient au but tant souhaité et l'embrasse des mains et des pieds ; mais la gouttière trop faible, cède... Placide se sent perdu, ouvre les mains pour se laisser tomber et rencontre un balcon auquel il s'accroche désespérément et qu'il enjambe pour se jeter à travers la fenêtre ouverte... dans le ventre rebondi de Virgilius Cochrysidès, qui va rouler à l'autre bout de la chambre et se relève tout étourdi, tandis que son audacieux élève, plus prompt que lui, dégringole les escaliers en courant et arrive comme un boulet dans la loge du portier.

« Ouvre-moi tout de suite ou tu es mort ! »

Ce disant, il braque sur le titulaire du cordon, épouvanté, un inoffensif chandelier pris au hasard sur la table.

La porte s'ouvre, Placide ne perd pas un instant, reprend sa course vertigineuse, et, au détour d'une rue, tombe au milieu d'une patrouille de grenadiers de la Garde Suisse.

« Qu'est-ce que fus avre fait, chune homme, pour fous saufer gomme ça? hurle le sergent fort endommagé par l'inattendue et violente arrivée de la tête de l'écolier dans son estomac.

— Moi, monsieur le sergent? Je... me promenais... pour prendre le frais...

— Fus avre un trôle te manière te fous bourmener! Fus fiendre afec moi tans un bedit entroit où fus ne bourrez bas gourir si fort! »

Et ce disant, le brave Suisse tendit la main dans la direction du collet de Placide, avec l'intention manifeste de le conduire au poste.

Il est à présumer que la perspective de sortir d'une prison pour entrer dans une autre, ne sourit nullement au fugitif, car il allongea vivement sa jambe droite entre celles du sous-officier, le renversa sur le dos et disparut avant que les soldats fussent revenus de leur surprise.

Il ne s'arrêta plus que chez son père, où l'attendait une réception peu cordiale.

CHAPITRE II

PLACIDE ENTRE AU SERVICE DU ROI. IL RENCONTRE UNE ANCIENNE CONNAISSANCE, MAIS SANS PLAISIR

Avant de se livrer avec son fils aux épanchements en usage chez les pères qui voient revenir au logis leurs enfants après quelque séparation, César-Aristoloche crut devoir prendre un air à la fois sévère et interrogateur.

Il allait demander à son héritier à quel concours de circonstances il devait la joie de sa visite inattendue, quand la porte s'ouvrit avec fracas sous la poussée d'un personnage haletant et hors d'haleine, maître Virgilius Cochrysidès lui-même.

Placide, peu curieux d'assister en tiers à la conversation, s'esquiva modestement, à l'anglaise, et gagna sa chambre où il se prit à réfléchir profondément aux inconvénients de porter la main sans ménagements sur la noblesse française en général et sur le jeune seigneur de Hautpignon en particulier.

Tandis que, semblable à l'Hippolyte de Racine, il se livrait à ses tristes pensées, un pas très doux se fit entendre et une charmante figure de femme apparut.

« Maman !... »

Deux grosses larmes, qui ne demandaient qu'à sortir depuis ses méditations, roulèrent sur les joues de l'adolescent.

« Mon pauvre enfant chéri, dit Mme Flambardin, tu as donc fait encore quelque sottise!... Voyons, conte-moi cela! »

Et avec l'exquise tendresse des mères, elle prit son enfant par le cou, l'embrassa, et lui posant la tête sur son sein, où il se blottit, comme un petit oiseau frileux sous l'aile maternelle, avec quelques douces paroles elle le berça ainsi qu'au temps heureux où il n'était encore point question pour lui des Cochrysidès ni des Pessimus.

Alors Placide raconta ses gros chagrins, il n'omit rien, ni ses malheurs, ni ses fautes, et la maman attendrie essuya ses larmes, le consola, lui fit promettre d'être raisonnable, puis le laissa pour aller implorer le maître, César-Aristoloche, dont le courroux devait être terrible.

Hélas! elle ne put calmer le sévère parfumeur; outré des instincts rebelles de sa progéniture, il défendit à sa femme de revoir son enfant sans son autorisation expresse et sortit sans dévoiler ses projets à l'égard du coupable, bien et dûment consigné dans sa chambre.

Le lendemain, de bonne heure, Placide dormait encore profondément quand son père entra, et d'un air qui n'admettait pas de réplique ni question d'aucune sorte :

« Habillez-vous promptement et venez avec moi. »

Sans mot dire, le jeune homme obéit et suivit César-Aristoloche.

Celui-ci, toujours silencieux, arrêta un fiacre dans lequel il monta avec son fils, après avoir donné à mi-voix l'adresse au cocher.

La voiture partit à une allure modérée, spéciale en tous temps à ces véhicules, roula assez longtemps et s'arrêta enfin devant un bâtiment carré, d'aspect monotone et triste, à la porte duquel montait la garde un soldat revêtu de l'uniforme bleu à parements rouges des Gardes-françaises.

César-Aristoloche entra dans la vaste cour, et, s'adressant à un sous-officier à grosses moustaches rousses et au nez rubicond, lui demanda le sergent Larose.

« C'est moi-même, en personne naturelle, pour vous servir, répondit son interlocuteur.

— Monsieur le sergent, voici mon fils qui a dû vous être tout particulièrement recommandé par votre capitaine, M. le marquis de Coëtrieu, mon très honoré client.

— Ah! ah! jeune guerrier, nous avons donc fait nos petites farces et pour nous punir, papa se fait un honneur de nous incorporer sous les drapeaux de Sa Majesté!

— C'est moi-même, en personne naturelle, pour vous servir.

— Je vous prie, monsieur le sergent, de vous montrer fort sévère envers lui, c'est une mauvaise tête...

— Oh! nous sommes venus à bout de plus difficiles que celui-là, repartit Larose avec un gros rire.

— A merveille, je vous le confie donc; monsieur le marquis m'a promis d'avoir soin de lui et de le faire parvenir à l'épaulette s'il se conduisait bien.

— N'ayez aucune inquiétude, respectable bourgeois, on se chargera de lui inculquer les belles manières, avec la manœuvre, le maniement d'armes et tous autres exercices propres à se rendre agréable en société. »

Le propriétaire du *Galant-Berger*, plus ému qu'il ne l'eût voulu paraître, remercia le sergent, embrassa Placide qui, tout attendri, se jeta dans ses bras, et disparut, après avoir glissé dans la main du sous-officier une bourse assez rondelette que le militaire insinua dans sa poche sans une trop vive répugnance.

« Allons, mon jeune seigneur, suivez-moi, je vais vous montrer vos appartements et vous présenter à vos nouveaux camarades, tous gens distingués et de bonnes façons. »

La chambrée où Placide fut introduit était dans une grande agitation ; les Gardes-françaises rangeaient leurs effets sur les planches avec une symétrie parfaite, époussetaient les armes aux râteliers pour que nul grain de poussière n'y demeurât; ils alignaient les lits avec des précautions infinies, enfin ils semblaient tous préoccupés de quelque grave événement, lorsque tout à coup on entendit crier : « Fixe! » dans la chambre voisine.

En un clin d'œil, tous les soldats furent au pied de leurs lits, immobiles et leurs bonnets à la main.

Larose poussa vivement de côté son protégé et prit lui-même la position militaire.

C'était le capitaine de Coëtricu qui, ce jour-là, inspectait sa compagnie.

Grand et mince, d'une tournure élégante, il portait avec aisance le coquet uniforme d'officier, l'habit bleu à parements rouges avec agréments et boutonnières d'argent, la veste, la culotte et les bas rouges, et le chapeau bordé d'argent à cocarde de soie noire.

Il jeta un coup d'œil rapide et parut satisfait.

« Bien, dit-il. Larose, je suis content de la tenue de tes hommes; puis, apercevant tout à coup Placide : Quel est ce grand benêt?

— C'est le fils de maître Flambardin, mon capitaine, celui dont vous m'avez parlé hier.

— Bon, bon. Eh bien, mon garçon, il paraît que vous êtes un mauvais garnement, j'ai promis à votre père d'avoir soin de vous, je tiendrai ma parole. Larose, à la moindre incartade, il faudra me mettre ce gaillard-là au cachot.

— Compris, mon capitaine. »

Et pirouettant avec grâce sur ses talons rouges, le marquis disparut, laissant son protégé consterné.

« Voilà qui commence bien ! » se dit-il.

Heureusement pour Placide, le vieux sergent Larose, malgré ses terribles moustaches, était au fond un brave homme; il punissait bien parfois le « fusi-

Le capitaine de Coëtrieu.

lier Flambardin », mais, comme il le disait parfois lui-même, « il ne lui en voulait pas », et il ajoutait : « C'est le métier qui veut ça. »

Au bout de quelques mois, Placide avait maigri et grandi encore, mais il commençait à se faire à sa situation, quand un jour on annonça l'arrivée d'un nouvel officier, un jeune homme, nouvellement nommé enseigne dans la compagnie de Coëtrieu.

« Tu dois le connaître, lui dit Larose, il a été dans ce collège d'où tu venais de te sauver quand ton respectable papa t'a fait engager ici, pour moissonner les lauriers de Bellone, comme dit l'autre. »

Placide frémit instinctivement.

« Comment se nomme-t-il?

— C'est un noble, le vidâme Hercule de Pontcassé de Hautpignon. »

Placide fit un bond.

« Je suis perdu, murmura-t-il. Mais bah! peut-être m'aura-t-il oublié... et puis, une querelle d'enfant n'a pas d'importance!... »

Malgré ses efforts pour se rassurer, il n'était pas tranquille! aussi résolut-il de se dérober, autant que faire se pourrait, à la vue du nouvel officier.

Malheureusement, sa taille insolite devait forcément attirer l'attention de l'enseigne, et, au premier exercice auquel il assista, Hercule de Hautpignon appela le « fusilier Flambardin » en ces termes bienveillants :

« Venez ici, grande perche »; et quand il fut près de lui, il ajouta à voix basse : « Je vous ai retrouvé, mon brave, nous avons un petit compte à régler, comptez sur moi pour ne pas l'oublier »; — puis, à haute voix : « Sergent Larose, cet homme est maladroit et mal tenu, vous lui porterez une punition exemplaire; d'ailleurs, j'aurai l'œil sur lui! »

Le sang de Placide bouillonnait dans ses veines, ses artères battaient et un voile rouge lui passait devant les yeux, mais, avec une énergie surhumaine, il se contint et regagna sa place dans les rangs, sans dire un seul mot.

La discipline l'avait assoupli, et aussi il pensait à sa mère qui serait si malheureuse s'il se livrait à quelque acte de violence dont les conséquences seraient terribles pour lui; puis il songea aussi à une certaine petite Rosette, fille du voisin Benoist, le maître brodeur, qu'il affectionnait depuis longtemps et qu'il voyait souvent, en rêve, assise au comptoir du *Galant-Berger*... Et ce ne fut pas sans un gros crève-cœur qu'il se soumit à cette injuste punition, car il espérait avoir quelques jours de congé pour aller voir tous ces êtres chéris; le père Flambardin avait décidé qu'on ne le laisserait venir d'une année entière à la maison paternelle, afin de s'assurer de la sincérité de son repentir par cette dure épreuve; et voilà qu'au moment si désiré, ce mauvais génie de son enfance venait bouleverser sa vie encore une fois, et ramener à son horizon de noirs et menaçants nuages!

Malheureusement, la persécution odieuse d'Hercule ne s'arrêta pas là; il ne se passait pas de jour qu'il ne fît subir à sa victime de nouveaux outrages ou de nouvelles punitions.

— Nous avons un petit compte à régler, dit-il à voix basse...

Et il disait au capitaine :

« J'ai été condisciple de ce garçon, il m'inspire le plus vif intérêt, je veux dompter ses mauvais instincts, c'est un service à lui rendre!

— Vous agissez fort bien, répondait M. de Coëtrieu, mais j'y songe, il m'a été chaudement recommandé; pour entrer dans vos vues, je doublerai ses punitions. »

ur comble de malheur, un décret du ministre de la guerre décida que les
›s gens de famille noble seraient seuls susceptibles désormais d'être offi-
, et la carrière de notre héros se borna dès lors aux galons de sergent
pouvait les atteindre jamais, hypothèse bien peu vraisemblable, étant
ées les protections dont on l'accablait.

acide songeait sérieusement à faire quelque coup de tête désespéré quand
vénements vinrent changer la face des choses.

CHAPITRE III

QUI TRAITE DE GRAVES ÉVÉNEMENTS POLITIQUES ET DE LEUR INFLUENCE SUR LA DESTINÉE DU FUSILIER FLAMBARDIN

Depuis quelque temps, Placide avait remarqué chez ses camarades une surexcitation singulière ; ils ne parlaient que des États-Généraux, de M. Necker, le ministre, de l'attitude du roi et de la cour, enfin de force choses très indifférentes au jeune homme, trop occupé de ses propres infortunes pour songer aux intérêts de la nation et se souciant peu, par instinct, de se mêler aux affaires publiques.

Aussi, le 14 juillet 1789, fut-il stupéfait de voir le régiment presque tout entier entrer en pleine révolte, se joindre au peuple et marcher sur la Bastille pour enlever la terrible forteresse.

La caserne était vide, les officiers partis précipitamment pour Versailles et l'héritier du *Galant-Berger* demeurait seul.

« Ma foi, se dit-il, voilà le congé tant souhaité ; rien ne s'oppose plus à ce que j'aille voir les miens... »

Sans plus de retard, il mit son projet à exécution.

La réception faite à l'enfant prodigue fut touchante : César-Aristoloche ne le céda guère à sa femme en attendrissement, et on était en pleins épanchements quand maître Benoist survint avec sa fille, la gentille Rosette.

C'était le bonheur complet, et les deux enfants se faisaient déjà fête, quand le marchand brodeur, s'adressant au jeune homme, lui dit avec une sévérité inquiète :

« Or çà, monsieur le garde-française, pour qui avez-vous pris parti, pour la cour ou pour le peuple?

Le temps où il stupéfiait les passants par la précocité de sa grande taille.

— Mon Dieu, repartit ingénument Placide, j'ai simplement profité du départ de mes camarades pour venir ici embrasser mon père et ma mère, tous ceux qui me sont chers et que je n'avais pas vus depuis si longtemps, ajouta-t-il en se retournant timidement vers la jeune fille rougissante.

— Palsembleu, mon garçon, c'est agir bien mal, pour un sujet du roi; votre devoir est tout tracé : allez rejoindre vos officiers, vous reviendrez avec eux et les troupes de Sa Majesté qui vont mettre à la raison tous ceux de ces coquins qu'auront épargnés les canons de la Bastille et les Suisses de M. de Launay. »

Placide, hésitant, se tourna vers son père muet et embarrassé, puis vers sa mère, comme pour leur demander leur avis.

César-Aristoloche demeura silencieux, mais Mme Flambardin lui dit doucement :

Il ferait un superbe tambour-major.

« Mon cher enfant, dans de si tristes circonstances, alors que des Français se battent contre des Français, il faut consulter sa conscience et suivre le parti qu'elle vous inspire. »

La conscience du jeune homme ne lui inspirait vraisemblablement pas grand'chose, car il demeurait indécis et troublé; ce que voyant, maître Benoist mit son chapeau, l'enfonça sur sa tête d'un coup de poing et sortit d'un air remarquablement sombre et indigné, grommelant entre ses dents quelques paroles sinistres, où l'on distinguait les mots de rebelle... châtiment certain... haute trahison... et autres aménités.

Placide adopta enfin une résolution bien ferme, celle de rester neutre; sa famille finit par l'approuver et on demeura jusqu'au soir à se raconter, sans se lasser, les événements survenus de part et d'autre depuis cette longue et si pénible séparation, tandis que Mme Flambardin s'émerveillait de la prodigieuse croissance de son fils et rappelait le temps où il stupéfiait les passants par la précocité de sa grande taille.

Le lendemain, on apprit à la fois la prise de la Bastille et le licenciement du régiment des Gardes-françaises.

Le jeune soldat était libre enfin, et il se mit, avec une bonne volonté infatigable, au service de la maison, partageant avec son père le soin des affaires du *Galant-Berger*.

Cependant les événements marchaient, la Révolution grandissait, et un jour, les gazettes annoncèrent la déchéance du roi.

Maître Benoist était brusquement devenu partisan enthousiaste du nouveau régime; il voyait peu les Flambardin, déclarant que « Placide avait manqué gravement à ses devoirs de citoyen en ne marchant pas avec ses compagnons à l'assaut de la « citadelle des tyrans » et en ne s'éclairant pas, comme lui, Benoist, au « libre rayonnement des nouvelles institutions démocratiques ».

Maintenant, le marchand brodeur fréquentait les clubs les plus avancés, et il finit par signifier au fils de son ancien ami qu'il eût à cesser toute visite chez lui, car il venait d'accorder la main de Rosette à un fournisseur des armées, chargé de faire marcher son commerce en lui assurant la clientèle de tous les officiers.

Le coup fut terrible pour le pauvre Placide; il avait fait de si beaux projets! Il se voyait déjà marié avec sa petite amie d'enfance, succédant à son père sous l'enseigne rose du *Galant-Berger*.

Maintenant, tout était bien fini! Dans son désespoir, il décida qu'il ne pourrait demeurer dans le voisinage de maître Benoist et de sa fille, dont la présence raviverait ses douleurs, et, sans rien dire à ses parents, il s'en alla trouver le chef de la 18e demi-brigade pour signer un engagement.

L'officier supérieur, à la vue de ce beau garçon, pensa tout de suite qu'il ferait un superbe tambour-major, aussi le reçut-il de la meilleure grâce du monde; il lui promit de s'occuper de lui et de réparer, autant qu'il serait en son pouvoir, les injustices dont il avait été victime.

Le jour même, Placide disait adieu aux siens et partait pour Dijon, où la demi-brigade se reformait.

CHAPITRE IV

OU L'ON VOIT PLACIDE DANS TOUTE SA GLOIRE

La ville de Milan était dans un prodigieux état d'exaltation.

La foule grouillante, bavarde et gesticulante, remplissait les rues d'un bourdonnement continu, semblable à une immense ruche d'abeilles, mais d'abeilles qui auraient reçu un coup de ce beau soleil du bon Dieu, si prompt à mettre au cœur des indigènes de ce pays privilégié un incroyable besoin d'expansion et de folle exubérance.

Tous allaient et venaient çà et là, par groupes animés, bavardant et criant dans la langue harmonieuse de la belle Italie où les impressions ont tant de mobilité et où le fait accompli s'accepte avec un enthousiasme aussi prompt qu'irréfléchi.

On attendait un grand événement, le général Bonaparte, vainqueur des armées autrichiennes, allait faire son entrée triomphale dans Milan délivrée.

Aussi, bourgeois et gens du peuple se pressaient-ils à l'envi pour assister au défilé des troupes et de leur jeune chef, si célèbre déjà.

A la porte par laquelle les Français devaient arriver, se pressait une foule compacte et haletante.

Tout à coup un grand silence se fit, une marche guerrière retentissait au loin, rythmée par le roulement des tambours.

Bientôt, dans un nuage de poussière, on vit étinceler l'acier des baïonnettes, puis une immense acclamation monta de toutes parts et... Placide Flambardin fit son entrée, le premier de tous, dans la vieille cité, resplendissant d'or et de

Placide fit son entrée le premier de tous.

broderies, brandissant une canne énorme et se dandinant fièrement à la tête de ses tambours.

Il avait si belle mine, avec son splendide uniforme et son chapeau empanaché, par lequel s'accroissait encore sa haute taille, qu'un murmure d'admiration se répandit d'abord, puis éclata en cris enthousiastes.

Car le chef de la 18e demi-brigade avait tenu sa promesse et Placide était parvenu au grade élevé de tambour-major fort rapidement, grâce à ces temps troublés. — Tel Bonaparte était devenu général à vingt ans.

Le premier consul, qui venait derrière la musique, ne fut pas sensiblement mieux accueilli que notre héros, encore que des vivats frénétiques l'eussent salué au passage.

Le défilé continua par les deux divisions d'infanterie Loyson et Monnier; les citadins regardaient avec stupeur ces vaillants, vêtus d'uniformes déchirés et rapiécés mille fois, mais portant fièrement leurs armes brillantes et bien

Des ombres silencieuses glissèrent le long des murs.

entretenues, et levant bien haut des têtes bronzées, d'une indomptable énergie.

Ensuite vint l'artillerie avec un bruit de tonnerre, puis la cavalerie, brillante et superbe : dragons aux habits verts, aux casques de cuivre bordés de peaux de tigres, chasseurs à cheval aux pelisses vertes, hussards fringants et coquets, malgré les dures privations et les fatigues de cette pénible campagne.

Enfin, dans chaque corps, on commanda : halte! et on distribua à chaque homme son billet de logement; plusieurs détachements devaient reprendre leur route et occuper des postes assez éloignés.

La 18e demi-brigade, qui formait la tête de colonne, s'était arrêtée à l'extrémité de la ville, auprès d'une autre porte ouverte sur la campagne. Au moment où Placide s'approchait de son chef pour lui demander ses ordres, un homme qui se dissimulait dans la foule, enveloppé d'un long manteau et portant un large chapeau rabattu sur les yeux, eut un mouvement de vive surprise ; et, faisant signe à un autre personnage qui ne semblait pas désirer non plus d'attirer l'attention, tous deux s'éloignèrent dans une ruelle déserte.

Le premier inconnu dit quelques mots à l'oreille de son compagnon, puis porta un sifflet à ses lèvres et en tira un son aigu et prolongé.

A ce signal, des ombres silencieuses, se glissant rapidement le long des murs, surgirent de tous côtés.

Celui qui semblait être leur chef les rassembla autour de lui d'un geste et, soulevant son chapeau, laissa voir les traits du vidame Hercule de Hautpignon.

Les ombres ôtèrent successivement leurs couvre-chefs, ce qui semblait être un signe de reconnaissance, et montrèrent autant de figures de coquins qu'il y avait de personnes à cet aimable rendez-vous.

Bien, dit Hercule, je vois que vous êtes tous venus à mon appel, venez, je vais donner à chacun ses instructions ; pour la plupart, vous n'aurez qu'à porter mes messages aux différents chefs des corps d'armée autrichiens ; toi, Beppo, tu iras trouver le colonel des dragons de Lobkowicz, pour une mission plus délicate.

La porte d'une masure voisine s'ouvrit ; tous les hommes à manteaux y entrèrent et Hercule y pénétra le dernier, après avoir jeté un rapide coup d'œil aux environs.

Décidément le vidame était un homme de précaution, et, selon toute apparence, il ne devait pas avoir la conscience bien tranquille.

CHAPITRE V

OU PLACIDE FAIT D'AGRÉABLES CONNAISSANCES ET MANQUE ÊTRE VICTIME D'UN MYSTÉRIEUX GUET-APENS

« Mille noms de... n'importe quoi! Pour un beau pays, voilà un beau pays, mais on n'arrive pas souvent à l'étape, et les routes sont d'un sec!

— Tu n'es jamais content, toi, le Parisien ; crois-tu qu'à Paris tu trouverais plus facilement à te rafraîchir? Les cabarets ne manqueraient pas, mais vu l'état peu prospère de nos finances, le résultat serait le même.

— Possible, encore, à Paris peut-on rencontrer des camarades qui vous offrent la goutte!

— Attends au moins que nous ayons pu nous créer des relations; tu te feras des amis en Italie comme ailleurs.

— Hum! ça n'est pas sûr, les naturels de cet endroit nous regardent avec des yeux qui n'ont rien de bien engageant!

— Bah! quand ils seront habitués à nous, ils comprendront que les Français ne viennent pas chez eux pour les dévorer tout vivants. »

Ces quelques répliques étaient échangées entre une de nos vieilles connaissances, le sergent Larose, et Hippolyte dit l'Enflé, un volontaire parisien, qui cheminaient péniblement sur la route de Milan à Côme, en compagnie de Jérôme Lavisé, ci-devant coiffeur perruquier, à l'enseigne du *Plat d'argent*, au Marais, d'un ex-peintre de portraits, Raphaël Pinxit, élève du citoyen David, et enfin notre ami Placide Flambardin.

Les cinq compagnons, bien différents d'humeur et d'origine, servant au même régiment, s'étaient pris d'une belle amitié les uns pour les autres, au

Les cinq compagnons, bien différents d'humeur et d'origine...

point d'être devenus inséparables, et, au moment où nous les trouvons sur la route blanche et brûlée par le soleil, ils se dirigeaient ensemble vers leur cantonnement, après une longue étape, munis de billets de logement bien en règle.

« Enfin ! dit Placide, j'aperçois le lac de Côme, et au bord, un village, sans doute Blevio ; nous touchons au but.

— Ça n'est pas malheureux, répliqua l'Enflé, à force de marcher, mes jambes s'usent à vue d'œil.

— Mais, fit sagement remarquer Lavisé, comment nous ferons-nous comprendre de ces citoyens villageois? Je me suis laissé dire que ces peuples retardataires et ignorants ne connaissaient pas un mot de français.

— Oh! soyez sans inquiétude, repartit vivement Raphaël, j'ai été à Rome pour voir les tableaux des maîtres, et j'ai appris à baragouiner un peu l'italien; j'en sais assez pour nous tirer d'affaire.

— Tant mieux, conclut Placide, car j'ai une faim terrible et je ne serais pas fâché de faire comprendre à ces braves gens que je tombe de besoin. Du reste, nous voici arrivés et nous allons mettre ta science à l'épreuve. »

En effet, les soldats étaient parvenus au bord du lac, au-dessus duquel se dressaient, accrochées parmi les arbres, sur une pente abrupte, des maisons blanches, perdues dans la verdure, cachées sous des rosiers grimpants qui les recouvraient presque, et environnées de jardins fleuris, semblant un tapis multicolore jeté par la Providence sous les pieds des habitants de ce merveilleux pays.

Tout à coup, surgit brusquement d'une épaisse touffe de pivoines, une mignonne enfant de seize ans environ, aux grands yeux verts de couleur changeante, aux cheveux d'or pâle tombant en manteau épais sur ses épaules, jolie à ravir, avec un fin profil italien, doux et résolu à la fois.

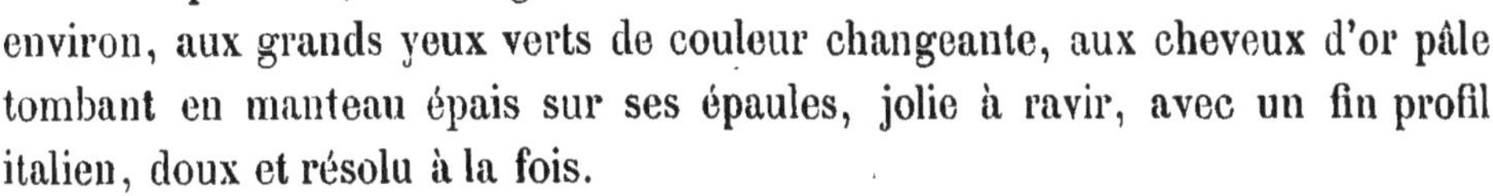

Raphaël Pinxit s'avança vers elle de l'air d'un homme qui comprend la haute importance de ses fonctions d'interprète, et, la saluant cérémonieusement :

« *Signora, vi do il buon giorno, potreste informarmi* [1]... »

Mais l'enfant, après avoir considéré un instant les étrangers, et sans attendre la fin de la phrase, s'élança vers une villa voisine en criant :

« *Mama, Angiolina, ecco chi di forest er; disolda frances* [2].

— Eh bien, fit observer Flambardin, voilà une réception qui promet; ça va être gai si nous sommes obligés de faire la conversation au pas gymnastique!

1. Bonjour, mademoiselle, pourriez-vous me renseigner...
2. Maman, Angiolina, voilà des étrangers, des soldats français!

— Qu'a-t-elle dit? demanda le sergent Larose.

— Ma foi, je n'en sais rien, répliqua le peintre, je n'ai pas compris un seul mot.

— Bon! grommela l'Enflé, voilà un bel interprète que nous avons là!

— Le plus simple est d'entrer, en nous excusant de notre indiscrétion, conseilla Lavisé, qui se piquait de belles manières, et nous trouverons sûrement un accueil satisfaisant. »

La motion de l'ex-perruquier fut adoptée, et bientôt les cinq camarades pénétrèrent dans une véranda meublée avec goût et ornée de palmiers et de fougères.

Les maîtres du logis étaient là rassemblés : le signor et la signora Coraglia, Angiolina — une vieille servante — et enfin Giuseppina, la jeune fille qui avait fui comme une biche effarouchée; elle racontait avec volubilité son aventure, dans le patois milanais incompréhensible pour Raphaël.

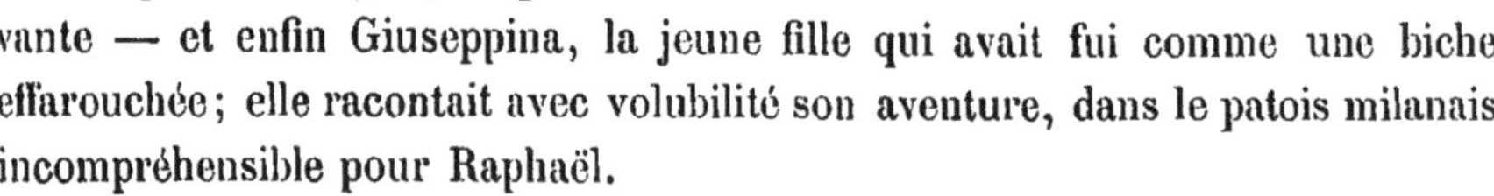

Heureusement, il parvint à se faire entendre, le signor Coraglia parlant fort correctement l'italien le plus pur.

« *Signor*, répondit-il au jeune Français, *siate il benvenuto guardatemi, di grazia, come un amico, questa casa e alla vostra disposizione* [1].

Puis il s'empressa de donner des ordres à Angiolina, pour faire apporter une collation, à laquelle les troupiers affamés firent grand honneur.

Giuseppina elle-même avait fini par perdre son air farouche, et, de la meilleure grâce du monde, elle apporta aux hôtes de son père, des *pasticcini* [2], des *croccanti*, et autres sucreries, triomphe de la vieille servante.

Huit jours s'écoulèrent, pendant lesquels les Français demeurèrent à la villa, traités comme s'ils eussent été de la famille.

1. Monsieur, soyez le bienvenu, considérez-moi, je vous prie, comme un ami; cette maison est tout à votre service.

2. Gâteaux.

3. Croquettes.

Placide et Giuseppina étaient devenus les meilleurs amis du monde : le tambour-major apprenait le français à la petite Italienne, et celle-ci, en échange, le mettait en état de se faire comprendre des populations qu'il devrait traverser au cours de la campagne.

La terrible canne multipliait ses moulinets.

L'héritier du *Galant-Berger* se trouvait bien à Blevio, trop bien même, car il ne pensait plus au départ qu'avec tristesse, et il passait de longues heures à rêvasser à quantité de choses saugrenues, notamment à un certain mariage qui, plus tard, amènerait au foyer de César-Aristoloche une belle fille blonde, dont la bonne humeur et les gentilles câlineries embelliraient la vieillesse de l'ancien parfumeur de la cour.

De son côté, Giuseppina ressentait peu à peu une véritable affection pour ce grand et beau soldat, à l'uniforme étincelant d'or et de broderies; puis, elle avait pu apprécier sa franche nature et son cœur excellent.

Faisait-elle les mêmes songes d'avenir que lui? *Chi lo sà?* [1] comme disent ses compatriotes.

Un soir, Placide, enfoncé dans ses réflexions, se promenait seul au bord du lac, mélancoliquement, en se demandant s'il ne devrait pas s'ouvrir de ses projets aux parents de sa petite amie, car le moment du départ approchait et Larose venait de lui apprendre la présence de l'ennemi dans le voisinage, signalée par nos hussards, qui avaient eu, le jour même, une légère escarmouche avec les dragons autrichiens de Lobkowicz.

Tout en marchant, il était parvenu à un endroit où la route faisait un coude et tournait brusquement dans les rochers; à peine avait-il fait quelques pas qu'une détonation éclata et son chapeau roula à terre, percé d'une balle.

« Ah, bandit! » s'écria le tambour-major, et, brandissant par le petit bout, sa canne à lourd pommeau d'argent, qui ne le quittait jamais, il s'élança en avant, dans l'obscurité.

Mais soudain, une dizaine d'ombres surgissant des rochers, se jetèrent sur lui, et à la clarté de la lune sortant lentement des nuages, il vit briller les sabres nus de cavaliers ennemis.

La partie était trop inégale, le malheureux devait fatalement succomber; il murmura un dernier adieu à ses parents et à Giuseppina, puis il se mit en devoir de vendre chèrement sa vie.

Deux fois, au milieu de terribles moulinets, parant avec peine l'attaque furieuse des dragons, la terrible canne s'était abattue ; deux des assaillants étaient tombés sur le sol, le crâne fendu, mais il restait huit hommes résolus, et déjà Placide, blessé d'un coup de sabre au front, aveuglé par le sang, commençait à faiblir, quand il entendit une voix gouailleuse s'écrier :

« Eh bien, qu'est-ce que c'est, on ne prévient donc pas les amis quand on donne une petite fête! »

Et la baïonnette de l'Enflé s'enfonça dans la poitrine d'un Autrichien, tandis que, d'un vigoureux coup de crosse, Larose en assommait un autre et le faisait

1. Qui sait?

rouler dans le lac par-dessus la bordure étroite de la route, en lui disant poliment :

« Donnez-vous donc la peine d'entrer! »

En même temps, Raphaël et Lavisé se jetaient sur les six survivants, mais ceux-ci, épouvantés par l'arrivée de ce renfort imprévu, prirent la fuite avec une agilité surprenante, malgré leurs grosses bottes éperonnées qui ne parurent pas les gêner beaucoup, dans leur empressement à se dérober aux expansions des fantassins français.

« Mes amis, dit Placide, en serrant la main à ses camarades, sans vous j'étais un homme mort.

— C'est bon, repartit Larose, nous causerons de tout ça une autre fois. Mais explique-nous un peu comment ces gueux-là te sont tombés sur le dos. Ça ne me paraît pas bien naturel.

— Rien de plus simple, au contraire; tu m'as dit toi-même que l'ennemi était signalé dans les environs, et...

— Sans doute, sans doute, mais c'est bien à toi qu'on en voulait, car un drôle de mauvaise mine, vêtu ou déguisé en paysan, est venu s'informer tout à l'heure du chemin que tu avais pris, de l'endroit où il pourrait te rencontrer, etc.; tout ça n'est pas clair.

— Enfin, dit Raphaël, regagnons toujours notre logement, nous verrons demain à faire notre enquête; pour ce soir, la route me paraît particulièrement malsaine, rentrons. »

Tous se rangèrent à cet avis, et bientôt on atteignit la villa, où une terrible nouvelle attendait notre héros.

CHAPITRE VI

PAR LEQUEL LE LECTEUR APPRENDRA CE QUI S'ÉTAIT PASSÉ EN L'ABSENCE DE PLACIDE

Tandis que Placide et ses camarades livraient aux cavaliers autrichiens le combat que nous venons de raconter, la famille Coraglia était paisiblement réunie autour de la grande table de la véranda, comme chaque soir, devisant paisiblement des petits événements de la journée; soudain les deux chiens de la maison aboyèrent avec fureur au dehors, et on entendit une troupe de chevaux lancés au galop s'arrêter devant la maison.

Enrico Coraglia, étonné, ouvrit la porte et rentra aussitôt en murmurant d'une voix étouffée :

« *Madona santissima!... Gli Tedeschi*[1].... » La signora Coraglia, Giuseppina et la vieille Angiolina se levaient effarées, quand on entendit quelques mots brefs prononcés en allemand, et un officier, portant l'uniforme de capitaine des dragons de Lobkowicz, pénétra dans la salle, suivi de quelques hommes du même régiment.

1. Sainte Madone!... les Allemands!...

« Je vois, dit-il d'un ton railleur, qu'on ne s'attendait guère à ma visite; j'espère néanmoins que l'on ne m'avait pas oublié; moi-même j'avais gardé un si bon souvenir de cette maison que j'y ai voulu revenir. »

Et comme les assistants, saisis d'une terrible angoisse, ne répondaient pas, le nouveau venu continua :

« Je vais rafraîchir votre mémoire, puisqu'il le faut.

« Avant l'arrivée des Français, j'ai eu l'honneur insigne de loger ici. S'il

La signora Giuseppina.

vous en souvient, même, j'avais sollicité la main de mademoiselle Giuseppina; je dois ajouter, sans nulle vanité, qu'on me l'a refusée!... Vous avez eu tort, braves gens, car si le capitaine de Hautpignon n'a pas de fortune, la dot de sa femme suffira pour deux; je ne suis pas ambitieux; et, en échange, je donnerai à la signora mon nom et mon crédit à la cour, quand le roi Louis XVIII sera remonté sur le trône de ses pères.

« Voyons, j'espère que vous allez changer d'avis : je viens renouveler ma démarche; de gré ou de force, Giuseppina sera ma femme.

— Jamais! s'écria la jeune fille toute frémissante, en fixant hardiment le vidame.

— Signor, par pitié!... implora la mère épouvantée.

— Inutile, madame! Trêve de sensibleries; puisque la douceur ne sert de rien, nous allons employer d'autres moyens.

« Votre fille va partir avec moi, vous ne la reverrez que mariée, je vous la ramènerai en venant chercher sa dot.

« Et, poursuivit-il en se tournant vers Giuseppina, le beau tambour-major

Ils partirent, suivis du regard par le père et la mère.

Flambardin ne vous tirera pas de mes mains... Oh! je suis bien informé de tout ce qui se passe, j'ai mes espions. Allons, suivez-moi, madame de Hautpignon. »

Ce disant, il fit un signe et deux dragons s'avancèrent vers la jeune fille immobile pour l'entraîner au dehors, mais, bondissant en arrière, elle s'arma d'un long couteau de chasse pendu à la muraille et en menaça les assaillants, tandis qu'Enrico Coraglia saisissait un fusil déposé dans un coin et couchait en joue le capitaine.

« Eh bien, dit celui-ci aux dragons hésitants, j'ai donné un ordre, je crois, qu'attend-on pour l'exécuter? »

Coraglia pressa la détente, le chien s'abattit, mais le coup ne partit pas, l'arme n'était pas chargée.

Les dragons, malgré la résistance acharnée du malheureux, le garrottèrent et l'étendirent sur la table, tandis que deux de leurs camarades écartaient violemment la mère et la servante et que quatre autres s'emparaient de Giuseppina, non sans recevoir quelques estafilades, lui arrachaient son arme, et, après l'avoir bâillonnée, la plaçaient en travers d'un cheval.

« A bientôt, beau-père, ricana cyniquement Hercule de Hautpignon; ne vous fâchez pas, je reviendrai sous peu, préparez la dot. Sans adieu, belle maman! »

Il sauta en selle, piqua des deux et partit ventre à terre, suivi de son escorte.

Une heure après, Placide arrivait et apprenait avec une rage indescriptible l'enlèvement de celle qu'il considérait presque comme sa fiancée, par son ancien et mortel ennemi, passé au service de l'étranger.

« Le misérable! rugit-il, oh, je le rattraperai, je le jure; je le tuerai, et je vous rendrai votre fille!

— Soyez béni, seigneur Français, et que la Madone vous protège! répondirent les pauvres gens accablés.

— Un mot encore, reprit Placide; mais ne me répondez pas, je ne veux pas sembler mettre une condition à mes services. Quand je reviendrai avec Giuseppina, je vous demanderai à mon tour sa main, et si elle-même veut bien y consentir...

— Elle ne refusera pas, murmura la mère, je le sais... »

Enrico Coraglia tendit ses bras au jeune homme.

« Mon fils! » dit-il simplement.

Placide, tremblant de joie, se précipita à son cou, le quitta pour embrasser la signora Coraglia à l'étouffer, et pensa étrangler la vieille Angiolina dans l'excès de son ivresse, en la serrant sur son cœur.

« Maintenant, dit Larose, qui faisait des efforts surhumains pour ne pas s'attendrir, sufficit, assez causé, allons rendre à ce Kayserlick la visite qu'il a eu l'amabilité de nous faire ; toute politesse en vaut une autre et le soldat français connaît les bonnes manières.

— Bon ! s'exclama l'Enflé, qui ruminait quelque chose dans sa tête depuis un instant, voilà l'explication du guet-apens dirigé contre l'ami Flambardin !

— Parbleu, dit Lavisé, c'est clair comme le jour.

— Et nous réglerons ce compte-là avec le reste, ajouta Raphaël.

— Sur ce, en route ! Par le flanc gauche, arche ! » cria Larose.

Et les cinq inséparables partirent rapidement, suivis longtemps du regard par le père et la mère murmurant une fervente prière.

CHAPITRE VII

COMMENT CINQ SOLDATS FRANÇAIS TRAVERSÈRENT L'ARMÉE AUTRICHIENNE ET CE QUI EN ADVINT

Pendant que Placide s'élançait avec ses amis sur les traces des ravisseurs, ceux-ci ne s'endormaient pas ; ils galopaient à fond de train sur la route de Milan à Pavie, uniquement préoccupés d'éviter les patrouilles de hussards français, gens d'un commerce peu agréable, si l'on en jugeait par la façon dont ils avaient culbuté, la veillle, un escadron de cuirassiers de Sa Majesté l'empereur d'Autriche.

Hercule de Hautpignon eut l'heureuse chance de ne rencontrer aucun de ces terribles cavaliers, grâce aux ruses qu'il déploya, se jetant à travers champs et se dissimulant le plus possible dans les bois, chaque fois qu'il en trouvait sur son passage.

Il parvint à Pavie assez promptement, sans autre aventure fâcheuse que quelques coups de fusil essuyés à la traversée d'un village où des maraudeurs de la 18e demi-brigade étaient allés aux vivres, et qui coûtèrent la vie à deux dragons de l'escorte.

Le capitaine ne crut pas prudent de s'arrêter à Pavie ; laissant la ville derrière lui, il s'engagea sur la route de Stradella, sans remarquer que Giuseppina, comme par mégarde, avait laissé tomber son mouchoir, au moment précis où la petite troupe dépassait les dernières maisons des faubourgs.

A deux lieues de là, on fit halte dans un bouquet d'arbres où les ravisseurs se trouvaient parfaitement à l'abri, cachés à tous les regards et pouvant observer de tous côtés sans être vus.

Hommes et chevaux avaient grand besoin de repos; d'ailleurs le corps d'armée du général Ott formait une ligne infranchissable, à l'abri de laquelle on pouvait défier toute poursuite. Néanmoins, pour plus de sûreté, un dragon fut placé en vedette à la lisière des arbres, le fusil au poing, avec ordre de faire feu et de se replier à la moindre alerte.

Rassuré par cette précaution, le vidame de Hautpignon permit à ses hommes de prendre quelque nourriture, et, s'approchant de la jeune fille qu'on avait délivrée de ses liens, il lui dit, en plaçant devant elle une tranche de jambon, du pain et une bouteille de vin :

« Je vous prie de m'excuser, ma belle fiancée, de la frugalité de ce repas, mais j'espère pouvoir bientôt vous offrir des mets plus dignes de vous. »

Pour toute réponse, Giuseppina, hautaine et fière, le souffleta de ces mots :

« *Tradtore et vigliaco !* [1] »

Puis elle lui tourna le dos avec mépris.

Le capitaine devint pourpre de rage, puis se calmant tout à coup :

« Bien, la belle, nous sommes encore de méchante humeur; cela passera. »

Et il s'éloigna en sifflant un air de chasse, pour aller faire une dernière ronde avant de se livrer au sommeil, car la nuit était venue.

N'apercevant rien de suspect, il regagna le bivouac, et appelant un dragon de haute taille :

« Herbert!

— Herr capitaine?

— Tu vas rester auprès de la signora, tu ne la perdras pas de vue un instant; à la moindre alerte, tu monteras à cheval, tu la prendras en travers de ta selle et tu gagneras Stradella au triple galop.

1. Traître et lâche!

— Bien, herr capitaine. »

Et le lourd Allemand, s'adossant à un arbre près de la jeune fille, alluma une grosse pipe de porcelaine dont il tira avec délices d'énormes bouffées, bien résolu à exécuter sa consigne, quoi qu'il pût arriver...

Un dragon fut placé en vedette à la lisière des arbres.

Il était minuit, un grand calme était tombé au loin sur la campagne et l'on n'entendait que le cri très doux des cigales avec le frémissement d'une faible brise dans les hautes herbes.

Tout à coup, comme un roulement de tonnerre, une fusillade terrible éclata; le factionnaire autrichien tomba percé d'une balle et des soldats français se précipitèrent à travers les arbres.

Une voix forte cria :

« La première compagnie, à la baïonnette! »

Les dragons épouvantés couraient çà et là, cherchant leurs chevaux, et, sans prendre le temps de les seller, sautaient sur leurs montures et fuyaient ventre à terre, au hasard, croyant toute l'armée française à leurs trousses.

Herbert avait saisi sa prisonnière et l'emportait déjà, quand un soldat d'une taille de géant, le prenant à la gorge, dégagea la jeune fille et jeta le drôle à terre, tout étourdi.

Au même moment, Hercule de Hautpignon surgissait dans l'obscurité, à cheval et le sabre levé sur la tête de Placide, car on a déjà reconnu, sans doute, le libérateur de la signorina Coraglia.

Le tambour-major fit un bond de côté; l'arme du capitaine frappa dans le vide; la lourde canne se leva et à son tour porta un coup effroyable au vidame, mais celui-ci, fort à propos, fit cabrer son cheval qui reçut en plein front l'énorme pommeau d'argent et tomba comme une masse, assommé.

« Ah! gredin, tu ne m'échapperas pas! »

Et Placide se précipita... mais, plus prompt que son ennemi, le capitaine avait déjà disparu.

« Bah! qu'il aille se faire pendre ailleurs », murmura notre héros, ravi du succès de son expédition.

Et se tournant vers Giuseppina, muette de bonheur :

« Chère, chère enfant, quelle joie de vous revoir!

— Que vous êtes bon, mon ami, murmura la jeune fille, et combien je suis heureuse d'être délivrée par vous!

— Giuseppina, continua Flambardin, prodigieusement ému et troublé, savez-vous quel titre vos parents ont bien voulu m'accorder, pour partir à la poursuite de ces misérables?

— Non!... articula faiblement la jeune fille.

— Celui de fiancé... Mais ratifierez-vous ce qu'ils ont fait? »

Et la voix du pauvre garçon tremblait à faire pitié.

« Je suis une enfant soumise, mon bon ami, répondit la petite Italienne avec un sourire plein de malice, et je me garderais bien de résister aux vœux de mes parents... d'autant plus, ajouta-t-elle en rougissant, qu'ils sont conformes aux miens.

— Ah ! s'écria Placide, que je suis heureux ! »

Et, s'agenouillant sous le ciel pur qui les couvrait d'un pavillon de saphir constellé d'étoiles d'or, il baisa respectueusement la main de sa fiancée, délicieusement émue, elle aussi.

« C'est bon, c'est bon, grommela une voix rude, ne nous attendrissons pas et filons ; ce n'est pas le moment de roucouler, les Kayserlicks ne sont pas si loin. »

Ils fuyaient, croyant avoir toute l'armée française à leurs trousses.

Et le sergent Larose fit son apparition, suivi de Lavisé, de l'Enflé et de Raphaël.

« Allons », consentit Flambardin radieux.

La petite troupe se mit en chemin et gagna la route rapidement.

« Où sont donc vos camarades? interrogea Giuseppina étonnée.

— Quels camarades ? dit Larose.

— Tous ceux qui ont attaqué les Tedeschi avec vous.

— Tiens, dit l'Enflé, il paraît que mon idée n'était pas trop mauvaise, la demoiselle y a été prise comme les autres.

— Signora, fit Raphaël, le chapeau à la main et très cérémonieusement, permettez-moi de vous présenter le bataillon qui a eu l'honneur de vous délivrer. »

Et il montrait l'Enflé, qui avait peine à prendre un air très modeste.

« Je ne comprends pas.

— Vous allez saisir, reprit à son tour Lavisé, mais il faut vous narrer, du commencement, comment nous avons retrouvé vos traces. Contez-lui la chose, sergent, vous savez vous exprimer mieux que nous. »

Larose, flatté, s'exécuta de bonne grâce.

« Quand nous quittâmes votre respectable famille, nous suivîmes d'abord les traces des chevaux jusqu'à la route de Milan à Pavie, puis là, comme elles se confondaient avec d'autres, nous sommes devenus perplexes. Pas d'indices, les naturels de l'endroit n'avaient rien vu; personne ne pouvait nous donner des renseignements. Enfin, nous marchons toujours, et nous avons la chance de rencontrer une dizaine de camarades emmenant avec eux des espions déguisés en saltimbanques, couchés dans leur charrette qui contenait tout leur matériel ambulant. Ils nous apprennent qu'ils vous ont aperçue et ont abattu deux dragons, histoire de souhaiter bon voyage à l'escadron autrichien.

« Fameux, que je dis, nous sommes sur la bonne voie, mais il me vient une idée et je demande aux camarades de nous céder la guimbarde, parce que, voyez-vous, j'ai remarqué qu'on allait beaucoup plus vite en voiture qu'à pied.

— C'est beau, l'expérience », remarqua l'Enflé.

Larose, se rengorgeant, poursuivit :

« On nous confie l'équipage, nous grimpons, et nous voilà partis aussi vite que le cheval pouvait marcher.

« En route, nous trouvons les deux montures des dragons tués; ça nous fait comme un relai tout préparé; nous les attelons à la place de l'animal fatigué, et nous voilà repartis, toujours aux grandes allures.

« Il faut vous dire que, par précaution, nous avions revêtu, par-dessus nos uniformes, de vieux manteaux appartenant aux faux saltimbanques; nous avons pu passer ainsi au nez et à la barbe des patrouilles ennemies, à qui Raphaël demandait en mauvais italien notre route, pour éloigner les soupçons.

« Enfin, à Pavie, nous étions plus embarrassés que jamais, quand nous avons trouvé votre mouchoir accroché à un buisson, sur la route de Stradella, et nous avons pris ce chemin sans hésiter. Puis, à quelque distance de la ville, nous avons aperçu l'escadron qui vous emmenait, nous l'avons suivi de loin; à la nuit, nous avons caché la voiture derrière une vieille masure abandonnée, et nous avons gagné le bouquet de bois où vous étiez, en rampant dans les herbes.

— Mais ces coups de fusil...

— Un peu de patience, jeune signora, nous y arrivons.

« Ce n'était pas tout de vous atteindre, il fallait vous délivrer, et cinq fantassins contre un escadron de cavalerie, c'était certainement insuffisant! Nous tenons conseil, et nous étions passablement embarrassés, quand il vient une idée de génie à l'Enflé :

Canne et massue champêtre.

« Sergent, qu'il me dit, laissez-moi faire, je vais donner à ces Kayserlicks l'illusion du feu de salve d'un bataillon entier; confiez-moi seulement toutes vos cartouches et tenez-vous prêts à vous jeter sur l'ennemi quand je commanderai : Pour la première compagnie!... à la baïonnette!

« Nous lui remettons nos cartouches, il les place sur le sol, à très petite distance les unes des autres, les reliant par une traînée de poudre. Attention, maintenant! qu'il nous fait; il met le feu à l'extrémité de cet engin primitif; les cartouches s'enflamment presque ensemble, produisant l'effet de la fusillade d'un bataillon entier; nous nous lançons en avant, et vous savez le reste.

— Monsieur l'Enflé, dit Giuseppina en tendant sa petite main au brave garçon, je n'oublierai jamais ce que vous avez fait pour moi, vous et vos camarades.

— Peuh! signora, répliqua le Parisien, ça n'était pas bien malin, et nous en montrerons bien d'autres aux habits blancs. »

Tout en parlant, les fugitifs avaient gagné le lieu écarté où était restée la voiture; ils firent halte, et Placide, moins hardi maintenant qu'il avait retrouvé sa gentille fiancée, dit en soupirant :

« Le plus fort est fait, mais il nous reste à traverser de nouveau l'armée ennemie, et sans nul doute, nous devons être signalés déjà.

— Certainement, repartit Larose, mais nous avons encore plus d'un tour dans notre sac, et bien fin qui nous prendra. Nous allons tous revêtir les costumes laissés par les saltimbanques et nous irons donner une représentation sur la grande place de Pavie; jamais on ne croira à tant d'audace de notre part, c'est cette hardiesse même qui nous sauvera.

— Bravo, fit-on unanimement, hâtons-nous. »

En un clin d'œil les six amis furent déguisés de façon à défier l'œil le plus clairvoyant : Larose avait revêtu le costume du maître de la baraque, un scaramouche tout pailleté d'or et de clinquant; l'Enflé avait la perruque rousse et la tenue classique du pitre; Lavisé et Raphaël portaient, avec une merveilleuse élégance, la casaque rouge des musiciens, et tiraient d'une clarinette et d'un trombone des sons discordants; Giuseppina était jolie à ravir en danseuse de corde; enfin Placide, transformé en hercule, avait déguisé en massue sa superbe canne à pomme d'argent, dont il avait énergiquement refusé de se séparer. Pour obtenir ce résultat, il avait entouré de linge son arme favorite, de façon à en accroître suffisamment le volume, il l'avait ensuite recouverte de lianes et de branches flexibles; le tout constituait une massue rustique, d'un effet très satisfaisant.

Les uniformes et les vêtements de la jeune fille, réunis en paquet, furent cachés soigneusement sous des pierres, dans un coin de la masure, et les faux saltimbanques gagnèrent joyeusement Pavie, enchantés du stratagème du sergent Larose.

CHAPITRE VIII

OU L'ON VERRA LES PÉRIPÉTIES SURPRENANTES D'UNE REPRÉSENTATION FORAINE

Après une nuit de repos bien gagné, les acrobates improvisés déjeunèrent paisiblement devant leur voiture, sur la grande place de Pavie, avec les reliefs du repas des dragons autrichiens, soigneusement recueillis par Lavisé, homme pratique et de grand sens qui n'aimait pas que rien fût perdu.

Tout en mangeant, on réglait la représentation du soir.

« Je ne vois pas très bien, disait Placide en riant, comment nous allons construire notre baraque, car, outre la difficulté de l'édifier, nous n'avons même pas les matériaux nécessaires.

— Rassure-toi, répliqua Larose ; sous la voiture est suspendue une immense toile destinée à former les murs et le plafond de la salle ; par exemple, les poutres manquent totalement, nous les avons jetées pour soulager les chevaux.

— Facile à remplacer, repartit l'Enflé ; il y a, tout près d'ici, une maison en construction à laquelle on ne travaille pas, aujourd'hui dimanche, et nous pouvons lui emprunter sans difficulté tout ce qui nous sera nécessaire comme pièces de bois ; nous les remettrons honnêtement cette nuit et personne ne s'apercevra de rien. »

Mais le tambour-major n'était pas au bout de ses objections :

« Fort bien; il nous reste maintenant à régler le spectacle; je doute que nous arrivions à exécuter des exercices gymnastiques bien merveilleux. »

Raphaël intervint alors :

« Rien de plus simple, nous allons nous partager la besogne. Si vous le voulez bien, je vais vous faire répéter vos rôles et nous donnerons à ces braves gens une soirée comme ils n'en auront pas eu depuis longtemps. Avant toutes choses cependant, pour suivre notre plan d'audace, je vais demander aux autorités autrichiennes la permission de donner une représentation extraordinaire.

— Extraordinaire est le mot, fit Larose; pendant ce temps-là, nous allons construire la baraque. »

Le soir venu, un charivari infernal, exécuté du haut d'une estrade longeant une magnifique toile de tente, attirait une foule énorme devant « l'établissement sans rival de l'illustrissime signor Rafaello Barbolano ».

L'orchestre faisait rage, composé du trombone magistralement tenu par l'Enflé, et de la clarinette dont Lavisé tirait des sons plaintifs à faire sangloter un aveugle, d'une grosse caisse sur laquelle s'escrimait à tour de bras le sergent Larose, et d'un tambour résonnant avec un fracas terrible sous les poignets exercés de Placide.

Enfin, un énorme chien — trouvé dans la journée et adopté par Raphaël qui l'avait gratifié à la fois d'une pâtée abondante et du nom de Néro [1], à cause de sa fourrure sombre — poussait des hurlements propres à fendre les oreilles des spectateurs les plus sourds.

Cette agréable symphonie prit fin sur un signe majestueux du maître de la baraque.

« Mesdames, Messieurs, bonnes d'enfants et braves militaires, si la modestie inhérente au vrai mérite ne m'imposait une sévère retenue, je n'hésiterais pas à proclamer que vous êtes appelés à jouir ce soir d'un spectacle sans précédent, aussi bien par la prodigieuse et incomparable virtuosité des artistes de ma troupe que par la distinction de leurs manières et l'originalité des exercices qu'ils auront l'honneur d'exécuter devant vous.

1. Noir.

« Le puissant empereur d'Autriche nous a fait supplier, par un de ses chambellans, de nous rendre à sa cour, afin d'en faire le plus bel ornement; émus par les prières de cette tête couronnée, nous avons consenti à lui donner quelques représentations, avant de nous rendre à Saint-Pétersbourg, où nous

Un charivari infernal, exécuté du haut d'une estrade...

sommes conviés par Sa Majesté le Czar de toutes les Russies. En nous transportant à la cour de Vienne, nous nous sommes arrêtés dans l'illustre ville de Pavie, et nous avons résolu, avec l'autorisation de l'invincible général Ott et de son incomparable état-major, de vous montrer ce soir, dans une séance unique et extraordinaire, les merveilles qui vont faire les délices des plus grands et plus puissants monarques de l'Europe.

« Vous allez voir le terrible hercule Tremendo [1] jongler avec sa massue qui

1. Formidable.

pèse dix mille livres. — On peut toucher! — Vous verrez le désopilant Gonfiato [1] se livrer à des facéties propres à vous faire tordre dans les convulsions d'un rire insensé; vous contemplerez les danses espagnoles de la belle signora Bettina Gracioza [2], accompagnée par l'excellent orchestre que vous venez d'entendre... J'en passe, et des meilleures! Le reste du programme se compose de surprises dont vous me direz des nouvelles!

« Entrez! entrez tous! Les premières sont à quatre sols, et deux sols seulement les secondes; messieurs les militaires autrichiens en uniforme ne paieront que demi-place; honneur aux armes et respect aux dames! En avant la musique! »

Le charivari reprit de plus belle; les citadins émerveillés se pressaient en foule et Raphaël empochait tranquillement une recette magnifique.

Quand la baraque fut bondée de spectateurs, le spectacle commença par les tours de force de l'hercule Placide, jonglant avec sa massue et déployant la virtuosité merveilleuse qui le faisait tant admirer des bourgeois, quand il entrait dans une ville à la tête de ses tambours, lançant sa canne à une hauteur prodigieuse et la rattrapant au vol, en exécutant des moulinets vertigineux.

Pendant que le public applaudissait, l'Enflé, prenant Larose à part, lui dit d'un air soucieux :

« Je peux me tromper, mais je ne suis pas rassuré.

— Pourquoi?

— Je viens de voir ici une figure qui ne me plaît guère.

— Laquelle?

— Celle du capitaine de Hautpignon.

— Pas possible!

— Je l'ai bien reconnu; il a un sourire narquois qui ne présage rien de bon.

— Saprejeu! mais alors, nous sommes pincés!

— Pas encore; j'ai tout prévu et j'ai pris mes dispositions en conséquence. Préviens les camarades, et que chacun soit prêt à filer promptement à la première alerte. Surtout, que Giuseppina ne paraisse pas, il la reconnaîtrait sans peine, elle n'est pas grimée comme nous. »

1. L'Enflé.
2. Gracieuse.

Larose, inquiet, exécuta les recommandations de son compagnon, et à peine avait-il pris à portée de la main un manteau — pour s'en revêtir par-dessus son costume en cas de fuite — que l'Enflé arriva en courant :

« On vient nous arrêter! Le maudit capitaine a fait entrer un piquet de grenadiers, il a peine à se frayer un passage, tant la foule est pressée, heureusement; filez, je vous rejoins.

— Mais par où? demanda Placide qui venait de terminer son rôle.

Mlle Bettina Gracioza, danseuse espagnole.

— Parbleu, ça n'est pas malin, répondit Lavisé en tirant de sa poche un couteau bien affilé. Il pratiqua dans la toile une large entaille par laquelle les fugitifs se glissèrent successivement.

— Maintenant, ricana l'Enflé, nous allons gagner du temps. »

Il saisit une corde, tendue comme une toile d'araignée autour de toutes les poutres de la salle, et donna une violente secousse.

Aussitôt, les boiseries s'écroulant, la toile de la baraque tomba comme un immense filet sur les spectateurs qui furent pris de tous côtés et firent d'inutiles efforts pour se dégager, dans un tumulte inexprimable.

« Hein! quel coup d'épervier! A présent, suivez-moi. »

L'Enflé, jouant des jambes, enfila en courant une ruelle déserte et se perdit, suivi de ses compagnons, dans un dédale de petites rues étroites.

Au bout de quelques minutes, ils étaient sortis de la ville, et s'arrêtaient essoufflés dans un champ, à l'abri d'une meule derrière laquelle ils devenaient invisibles à tous les regards.

« Tu as la recette? demanda brusquement le Parisien à Raphaël.

— Oui, la voilà.

— Bon, attendez-moi ici. »

Et le brave garçon repartit en courant vers les faubourgs.

Après une demi-heure d'attente, un siècle pour ses camarades anxieux, il revint, chargé d'un énorme paquet.

« Voilà des vêtements, cria-t-il, vite, habillez-vous sans perdre un instant; on est à notre poursuite; toute la ville est en rumeur, la garnison entière doit être à notre recherche. »

En un clin d'œil, la petite troupe fut prête et revêtue de l'accoutrement des musiciens ambulants.

« Voici les accessoires : à vous, sergent, cette guitare, une mandoline à Lavisé, à Raphaël cette cornemuse, le tambour de basque pour mademoiselle Giuseppina, le triangle pour moi, et enfin voici un violon destiné à remplacer la massue de notre hercule.

— Jamais, riposta Placide, je ne consentirai à quitter ma canne!

— Sabre et mitraille! jura Larose, tu vas nous faire reconnaître!

— Mais non, je vais la déguiser aussi.

— Et en quoi, Seigneur!

— En trompette marine [1]! » s'exclama triomphalement Flambardin.

Se mettant à l'œuvre, tout en marchant à la suite du sergent qui faisait l'office d'avant-garde, il dépouillait le violon de ses cordes, de ses clefs et de ses menus accessoires, avec lesquels il confectionna une trompette marine très présentable.

1. Instrument à une seule corde, ou deux au plus, datant du XIVe siècle.

CHAPITRE IX

DANS LEQUEL NÉRO SE MONTRE A HAUTEUR DE CIRCONSTANCES DIFFICILES

La nuit était sombre, sans une étoile au ciel; de gros nuages noirs voilaient complètement la lune, et la chaleur, lourde et étouffante, présageait un orage prochain.

Les fugitifs, malgré leur fatigue, marchaient rapidement, impatients de voir s'accroître l'espace qui les séparait de Pavie.

Déjà ils approchaient d'un grand village dont ils apercevaient les premières maisons, quand Néro gronda sourdement, et le pas de plusieurs chevaux résonna sur la route.

« Diable! fit Placide, ou je me trompe fort, ou voilà des gens qui seraient fort heureux de nous rencontrer. Jetez-vous à plat ventre dans ce champ, on ne vous verra pas; retenez Néro, moi je vais continuer mon chemin; seul, je n'exciterai aucun soupçon et je verrai de quoi il retourne. »

Ce conseil excellent fut aussitôt suivi; et quand les uhlans autrichiens apparurent, ils ne virent qu'un homme cheminant paisiblement.

« Holà! coquin, fit le sous-officier commandant les cavaliers, n'as-tu pas aperçu des saltimbanques, cinq hommes et une femme, que nous poursuivons? Surtout, dis la vérité, ou gare à tes oreilles!

— Ma foi, signor Tedesco, il m'a bien semblé voir quelque chose dans

Les uhlans autrichiens apparurent...

ce genre-là, mais ces gens se dirigeaient vers Capriano, vous leur tournez le dos.

— Tant pis, dit le uhlan, nous n'aurons jamais le temps de les joindre, en ce cas; il faut que nous allions retrouver notre régiment à Plaisance, pour y escorter le général Ott.

— Tiens, tiens, se dit à part lui Placide, c'est bon à savoir.

— Enfin, conclut l'Autrichien, nous allons toujours les signaler aux autorités du pays, et malheur à toi si tu nous as trompés. Suis-nous. »

Puis il fit un signe à deux de ses hommes; ceux-ci se placèrent de chaque côté du musicien ambulant et la petite troupe se remit en marche, au pas.

Arrivé devant la première maison du village, sur laquelle s'étalait en grosses lettres le mot *spagiera* [1], le maréchal des logis frappa violemment à la porte, du pommeau de son sabre.

— Holà, coquin, fit le sous-officier...

Presque aussitôt, une tête effarée parut à la fenêtre au premier étage et cria :

« Qui est là? Que veut-on?

— Seigneur syndic [2], ce sont de fidèles sujets de Sa Majesté l'empereur d'Autriche; descendez, nous avons à vous parler.

— Me voici, me voici, *Eccellenza* [3]. »

Un instant après, le pharmacien ouvrait sa porte et adressait force salutations aux uhlans, courbant sa longue et maigre échine jusqu'à terre.

1. Boutique d'apothicaire.
2. Maire des villages italiens.
3. Excellence.

« Trêve de politesses, nous sommes pressés. Je viens vous avertir qu'une troupe d'espions français vient de s'enfuir de Pavie; je vous apporte leur signalement dans ce pli dont vous ferez, demain, afficher la teneur. Il y a mille *scudi* [1] de récompense à qui les livrera morts ou vifs au quartier général. Ce drôle prétend les avoir rencontrés dans une direction opposée à celle-ci; je vous engage à le surveiller sérieusement. Sur ce, bonne nuit et bonne chasse. »

Et les uhlans repartirent au galop, pour regagner Pavie.

« *Madona santissima!* murmurait le syndic, comme dans un rêve; mille scudi!... mais c'est une fortune!... Et vous dites, mon bon ami, que vous avez vu ces espions maudits?

— Comme je vous vois, signor.

— Bon, bon, à merveille; dans ce cas, vous allez coucher chez moi, et dès l'aube, nous nous mettrons en route tous les deux; vous me guiderez.

— Sapristi! songea Placide, les camarades ne vont pas savoir ce que je suis devenu... je ne peux pas les amener ici, ce vieux coquin aurait des soupçons!... Bah! nous sommes plus forts que lui...

— A quoi songez-vous donc, mon brave garçon?

— Voilà, seigneur syndic, j'ai laissé tout près d'ici mon père, ma sœur et mes frères, alors...

— Ont-ils vu aussi les espions?

— Certes.

— En ce cas, amenez-les, ils nous aideront dans notre poursuite; et, ajouta en lui-même le vieux ladre, je trouverai bien moyen de me débarrasser d'eux au moment de partager l'argent. »

Quelques minutes après cet entretien, le tambour-major présentait au syndic « sa famille » et Néro, que l'on n'avait eu garde d'oublier.

« Entrez, mes amis, dit gracieusement le pharmacien, entrez, asseyez-vous dans la boutique; peut-être avez-vous soif? voici une cruche d'eau fraîche excellente, buvez à loisir; pendant ce temps, je vais examiner le signalement de ces Français. »

1. Mille écus.

Ajustant sur son nez une énorme paire de besicles, il lut lentement le contenu du pli qu'on venait de lui remettre.

Tout en lisant, il jetait de fréquents regards de côté sur ses hôtes et semblait les comparer à la description minutieuse qui était faite des prétendus espions.

Enfin, sa figure s'éclaira d'un mauvais sourire; il plia le papier, le mit dans sa poche et feignant de bâiller :

« Allons prendre quelque repos; je vais vous installer dans mon écurie, car je n'ai malheureusement pas de lits à vous offrir; je vais vous montrer le chemin. »

Il les conduisit dans une écurie assez spacieuse et sortit en leur souhaitant une bonne nuit; puis, comme se ravisant tout à coup :

« Demain matin, dit-il, je vous apporterai une bonne soupe avant de partir. »

Et profitant d'un moment où il croyait n'être pas vu, il se pencha sur le chien déjà allongé dans la paille :

« Néro! » fit-il à voix basse.

La bonne bête leva la tête.

Le syndic partit en se frottant les mains.

Le syndic partit en se frottant les mains.

La nuit s'écoula paisiblement; au petit jour l'apothicaire reparut, souhaita le bonjour à ses hôtes avec beaucoup d'affabilité, et posant à terre un plat fumant qui contenait un ragoût fort appétissant :

« Tenez, prenez des forces, je regrette de ne pouvoir vous mieux régaler, mais ma fortune ne me permet pas de faire davantage... pour le moment du moins », ajouta-t-il, avec un singulier sourire.

Il partit d'un air plus satisfait que la veille.

« A table, dit Placide, à table, car nous avons, en effet, une longue route à parcourir, mais nullement du côté de Capriano, comme le bonhomme se l'imagine.

— Enfin, remarqua Larose, nous allons être plus tranquilles maintenant, puisque les Kayserlicks se dirigent vers Plaisance; nous n'aurons plus à craindre que les maraudeurs...

— Hé, là! hé, là! s'écria l'Enflé l'interrompant brusquement. Ici, Néro! »

Le chien s'était approché du plat, l'avait flairé avec inquiétude, et maintenant, dans un geste de souverain mépris, il levait la patte au-dessus...

« Hum! fit Lavisé, ça n'est pas naturel; ne touchez pas à ce fricot-là, il me paraît suspect.

— En effet, approuva Giuseppina, les animaux sont parfois plus sages que nous; leur instinct les sert, et Néro, qui a faim certainement, doit avoir une bonne raison pour dédaigner cette nourriture.

— Nous allons voir, conclut l'Enflé, qui avait traîtreusement saisi un gras chat endormi dans un coin et lui versait de force la sauce du plat dans la gueule, malgré ses énergiques protestations.

— Oh! dit la jeune fille, s'il y avait du poison là dedans!

— Dans ce cas, répartit Placide, il vaut mieux sacrifier ce pauvre animal pour nous sauver... Et tenez, regardez-le. »

L'infortuné matou ne paraissait pas à son aise; il hérissait ses poils, faisait de petits bonds convulsifs et miaulait désespérément. Enfin, il s'étira longuement, une légère écume lui vint aux lèvres et il roula sur lui-même en se débattant dans les convulsions de l'agonie.

Bientôt il devint raide et ne bougea plus; il était mort!

« Nous l'avons échappée belle, grommela Larose; maintenant, si vous m'en croyez, nous ferons une nouvelle expérience sur l'aimable propriétaire de la maison.

— Sergent, supplia Giuseppina, je vous en conjure, grâce pour lui! Que mon retour ne coûte pas la vie à un homme, quand nous pouvons faire autrement.

— Soit! mais ce gueux va mettre tout le pays à notre poursuite, et pour gagner la prime, les bons villageois vont s'armer de fourches et de faux et nous courir sus! »

Placide intervint :

« J'ai trouvé un moyen, venez. Pour ne pas perdre de temps, Lavisé restera ici avec Raphaël; ils attelleront la voiture de notre bon hôte; je ne vois aucun inconvénient à la lui emprunter, n'est-il pas vrai?

— Sans doute, sans doute », approuva-t-on unanimement.

Puis on gagna sans bruit la boutique.

L'apothicaire était occupé à écrire; il leva la tête et bondit sur ses pieds, en apercevant Placide qui lui posa la main sur l'épaule, d'un air goguenard.

« A qui était donc destinée cette lettre, mon bon seigneur? » demanda le tambour-major.

Néro leva la patte sur le plat.

Et la lui arrachant brusquement des mains :

« Vous permettez? »

Pendant qu'il la lisait, le vieux coquin essayait de se glisser vers la porte, mais l'Enflé l'arrêta :

« Vous voulez donc nous quitter, mon vénérable ami! Fi! que c'est laid.

— Serait-ce, insista Larose, pour vous dérober à nos remerciements? Voilà de la modestie bien exagérée.

— Parfait! s'écria Flambardin, terminant sa lecture; monsieur écrivait à l'état-major autrichien de venir prendre livraison des « espions français », contre les mille écus promis à qui les prendrait morts ou vifs!

— Voilà une délicate attention, dont nous sommes bien touchés, continua le sergent; maintenant, Placide, offre à monsieur le petit souvenir dont tu nous as parlé.

— Avec plaisir! et ça ne sera pas long, car j'aperçois ici tout ce qu'il me faut. »

Et, saisissant un bocal énorme portant l'étiquette « Jalap »[1], il versa une forte quantité de son contenu dans un grand vase qu'il remplit d'eau, et offrit ce breuvage nauséabond à l'apothicaire tremblant.

« De grâce! buvez ceci à notre santé, monsieur.

— Jamais!

— En ce cas, nous allons avoir l'honneur de vous le faire avaler par un procédé des plus simples. Larose, et toi l'Enflé, prenez amicalement les mains du seigneur syndic de façon à ce qu'il ne bouge pas... Bien... A mon tour. »

Saisissant un entonnoir et le plaçant entre les mâchoires du patient après les avoir écartées violemment, il versa toute l'affreuse boisson, jusqu'à la dernière goutte, ayant toutefois pris la précaution de pincer le nez du personnage pour le forcer à avaler.

« Là, fit-il, maintenant nous pouvons faire nos adieux à monsieur; il a assez d'occupations pour que nous ayons tout le temps de nous en aller sans avoir affaire à ses amis. »

En effet, le malheureux syndic disparaissait déjà par la porte du fond, se tenant le ventre et courant comme s'il eût eu une légion de diables à ses trousses.

« La voiture de la signora est avancée, cria Lavisé, du dehors.

— En route, et vivement, dit Placide, nous sommes sauvés, cette fois. »

1. Jalap, purgatif énergique.

CHAPITRE X

COMMENT ON RISQUE PARFOIS DE FAIRE NAUFRAGE AU PORT

« Halte-là! Qui vive?

— France! 18e demi-brigade!

— Avance à l'ordre!

— Avec plaisir, camarade, mais tu peux tout de suite prévenir ton chef de poste, car depuis huit jours le mot d'ordre a dû être changé, pas vrai? »

Le factionnaire appela :

« Sergent, venez reconnaître un détachement de la 18e, qui n'a pas le mot d'ordre. »

Un vieux sous-officier chevronné s'avança, suivi de deux hommes, baïonnette au canon.

A peine eut-il fait quelques pas vers les nouveaux venus :

« Comment, c'est toi, mon vieux Larose!... et toi aussi, Flambardin, et Lavisé, et Raphaël, et l'Enflé!... Citoyenne, je te salue...

« Ah! bien, si je vous attendais!... Mais, mes pauvres amis, on vous a portés déserteurs, et je vais être obligé de vous envoyer au quartier général

— Ne te désole pas, Lagingeole, nous allions te prier précisément de nous faire conduire au général Lannes; nous avons à lui parler, répliqua Placide.

— Ah!

— Permets-nous seulement de faire avancer notre voiture.

— Vous avez donc une voiture? fit le chef de poste; plus que ça de luxe, mes enfants!

Le chef de la 18e demi-brigade.

— Oui, fit négligemment l'Enflé, mais nos gens sont restés en route et nous sommes obligés de la conduire nous-mêmes; on est bien mal servi dans ce pays et les domestiques y deviennent impossibles!

— Bon! bon! interrompit Lagingeole, assez causé, tu conteras tout ça au général; pour le moment, le caporal Agricola va vous emmener avec quatre hommes. Bonne chance, camarades.

— Merci! »

Et les cinq compagnons d'infortune, remontant dans la voiture avec Giuseppina, se mirent en route avec leur escorte.

« Sapristi, nous n'en finirons donc jamais; je ne serais pas fâché de me reposer un peu de toutes ces émotions.

— Sois tranquille, Lavisé, je réponds de tout, repartit Placide.

— Hum! insista Raphaël, nous n'en sommes pas moins accusés de désertion, car nous avons pris huit jours de congé sans permission régulière.

— Et ça vaut douze balles pour chacun, conclut l'Enflé.

— Qu'est-ce que cette voiture, caporal? fit une voix.

— Mon capitaine, ce sont les cinq hommes portés déserteurs.

— C'est bien, faites prévenir le prévôt de l'armée et commandez le peloton d'exécution. »

« Mon capitaine, il y a erreur, nous n'avons pas déserté, et j'ai demandé à parler au général; j'ai d'importants renseignements à lui communiquer.

— Hum! fit l'officier entre ses dents, si on les écoutait, ces gaillards-là, on n'en fusillerait jamais... Enfin, soit! je vais prévenir le général. »

Et il disparut, pour revenir un instant après.

Nous l'avons proprement enveloppé dans son manteau.

« Suivez-moi », dit-il.

Placide obéit et se trouva bientôt dans la tente de Lannes, qui étudiait attentivement ses cartes étalées sur une petite table; à ses côtés était le chef de la 18e demi-brigade.

« Que me voulez-vous? interrogea-t-il froidement. Vous avez déserté, paraît-il?

autrichiens, en faisant une petite reconnaissance, de notre propre initiative, et nous n'avons pu nous échapper qu'à travers mille difficultés. »

Placide, omettant à dessein l'épisode de la délivrance de Giuseppina, raconta son odyssée en quelques mots.

« Bon, dit Lannes en souriant, mais qui me prouvera que vous dites la vérité?

— Mon général, je vais vous fournir une preuve convaincante et vous donner en même temps des renseignements qui vous intéresseront en vous apprenant la marche du général Ott sur Plaisance. Soyez assez bon seulement pour faire prendre dans ma voiture un gros paquet que j'y ai laissé. »

Sur un signe du général, un officier d'ordonnance s'éloigna et reparut au bout de quelques minutes, suivi de deux hommes portant avec peine une masse noire qu'ils déposèrent à terre.

Placide défit une corde et déroula le manteau dans lequel était ficelé un officier de uhlans autrichiens, bâillonné avec soin.

« Nous avons pris monsieur pendant la dernière étape; il avait crevé son cheval pour porter des ordres pressés et il a voulu nous forcer, le pistolet au poing, de lui céder notre voiture. Alors, nous l'avons enveloppé proprement dans son manteau, pour qu'il ne s'abîmât pas, et aussi pour ne pas attirer l'attention; nous avons pris la liberté de fouiller dans ses poches et voici une dépêche que nous y avons trouvée. »

Lannes prit le papier, décacheta l'enveloppe et lut avec attention.

« Je vois, fit-il, que vous ne m'avez pas trompé. Je ne vous oublierai pas. Vous êtes libres, rejoignez votre corps et continuez à vous bien conduire; demain, vous serez porté à l'ordre de l'armée, ainsi que vos camarades. »

Le tambour-major, très ému, salua militairement et courut rejoindre ses compagnons pour leur annoncer l'heureuse issue de sa visite.

« Fameux! s'écria Larose, tu es un grand homme, Flambardin... et nous aussi, ajouta-t-il après un instant de réflexion.

— Giuseppina, ma chère fiancée, murmura Placide à l'oreille de la jeune fille, demain je demanderai un congé de quelques heures, et je vous ramènerai à vos parents, ainsi que je le leur ai promis.

— Il faudra donc nous séparer ensuite!

— Pour peu de temps, ma belle amie, la campagne ne durera pas éternellement; nous reviendrons à Milan, victorieux toujours, je l'espère; nous pourrons alors nous marier et aller faire notre visite de noces à mon père et à ma mère, qui seront bien heureux d'avoir une si gentille petite belle-fille!

— Chut! dit la petite Italienne en rougissant, je déteste vos sottises. Allons nous reposer. »

Et tous s'en allèrent prendre un repos bien gagné par tant d'émotions.

CHAPITRE XI

OU PLACIDE FLAMBARDIN GAGNE UNE BATAILLE EN JOUANT DU TAMBOUR

L'homme propose et Dieu dispose.

Si ce proverbe est vrai, c'est surtout pour les militaires, et Placide en acquit, une fois de plus, la fâcheuse expérience.

A l'aube, le général en chef fit mettre les troupes sur pied, et l'on partit en toute hâte pour une destination inconnue.

Il n'était plus question de reconduire Giuseppina à Blevio; d'autre part, la laisser cheminer seule était peu prudent; le tambour-major prit le parti de la confier à la mère Fil-en-Quatre, la cantinière du 1er bataillon, une vieille femme terrible, jurant comme un sapeur, buvant de l'eau-de-vie comme un grenadier, mais, au demeurant, d'une bonté proverbiale dans l'armée, incapable de faire du mal à un insecte.

Les étapes furent longues et pénibles. Placide et ses compagnons d'aventures souffraient surtout du manque de chaussures, car on n'avait pu leur donner ni vêtements, ni souliers; il n'en existait pas dans les magasins de l'armée, ou, pour parler plus exactement, l'armée n'avait pas de magasins.

Aussi l'accoutrement des cinq amis était-il le plus burlesque du monde; tous avaient gardé les espadrilles italiennes et la culotte de leur dernier travestissement; Flambardin avait retrouvé un vieux bonnet de police et un habit troué, sur lequel il avait, à la hâte, fait poser des galons; Larose portait, non sans aisance, un habit à la française un peu défraîchi, mais couleur gorge-de-pigeon fort tendre et brodé d'argent; son chef était couvert d'un bonnet à poil de grenadier muni d'un superbe plumet; les autres étaient affublés à l'avenant.

C'est dans cet équipage qu'ils arrivèrent au bord du Pô, un soir, à la nuit tombante.

Des chasseurs à cheval, envoyés en avant-garde, avaient rassemblé toutes les barques des environs, et le 1er bataillon de la 18e demi-brigade traversa le fleuve le premier.

Au moment où l'on allait aborder à la rive opposée, une longue ligne blanche apparut sur le rivage, à quelque distance.

« Tout le monde à l'eau! cria le commandant; cachez-vous dans les herbes. »

Cet ordre fut exécuté sur-le-champ; et le bataillon devint invisible, plongé dans le fleuve jusqu'au cou, tandis que les barques repartaient pour aller chercher le reste du régiment.

La ligne blanche avançait toujours, et bientôt on put distinguer aisément les grenadiers autrichiens, alignés comme à la parade, marchant, l'arme au bras, vers l'endroit où étaient cachés les Français.

« Hon! fit l'Enflé à voix basse, si les Kayserlicks entament la conversation à coups de fusil, ça ne sera pas commode de leur répondre, nos cartouches sont mouillées...

— Tais-toi, commanda Larose, le moindre bruit peut nous perdre. »

La colonne ennemie s'était arrêtée, et un silence profond régnait dans la plaine.

— Atchi!!!

Un éternuement formidable retentit tout à coup. C'était l'Enflé, qui, depuis quelques minutes, luttait avec peine contre des picotements inquiétants dans les fosses nasales, et avait succombé finalement dans cette lutte désespérée contre un coryza naissant.

On entendit un commandement en allemand, puis un feu de salve; les

Autrichiens avaient tiré sur le point d'où était partie cette manifestation intempestive de la présence des Français.

Quelques hommes, atteints par la décharge, furent entraînés à la dérive.

« A terre, les enfants! tonna le commandant; à la baïonnette! »

Le bataillon s'élança furieusement sur l'ennemi, engageant une effroyable lutte corps à corps.

Des prodiges d'intrépidité furent accomplis de part et d'autre, et malgré

Tout le bataillon entra dans le fleuve.

l'infériorité numérique des assaillants, il était difficile de prévoir qui l'emporterait, lorsqu'une batterie de tambours résonna au milieu du fleuve; c'était Placide, annonçant à ses camarades l'arrivée d'un renfort composé du reste de la demi-brigade.

Les Autrichiens, alors, battirent en retraite en bon ordre, et le débarquement s'effectua sans autre incident.

Le lendemain matin, la bataille fut engagée.

Le général Ott attaquait Lannes, lançant sur 8,000 Français 18,000 hommes d'élite.

Le choc fut sanglant. Lannes et ses troupes faisaient des prodiges, mais la disproportion du nombre était trop grande, et déjà la 18e demi-brigade, dernière fraction laissée en réserve, entrait en ligne pour succomber vraisemblablement avec le reste de l'armée. Tout espoir semblait perdu.

Placide s'avança vers Lannes sombre :

« Mon général, si vous voulez me laisser agir à ma guise, je vous réponds de faire reculer les Kayserlicks.

— Comment feras-tu?

— Vous verrez, mon général.

— Soit! »

Flambardin réunit ses trente tambours et partit avec eux au pas de course.

Une demi-heure après, l'aile gauche du général Ott se repliait précipitamment, puis, par échelons, toute l'armée autrichienne, poursuivie maintenant par les Français.

Un aide de camp, envoyé pour reconnaître la cause de ce mouvement étrange, revint au galop en dissimulant mal une énorme envie de rire.

« Mon général, c'est le tambour-major de la 18e qui a tourné l'ennemi; caché dans un pli de terrain, il a fait un tel fracas qu'il a fait croire à l'arrivée de renforts importants et le général Ott, pour n'être pas tourné, s'est aussitôt retiré.

— Nous sommes sauvés, répondit Lannes, grâce à ce brave garçon; le général Victor aura le temps de se joindre à nous et nous pourrons marcher en avant. »

En effet, quelques heures après, la victoire était décidée, et le Premier Consul, arrivant en toute hâte au secours de son lieutenant, trouvait six mille prisonniers réunis comme de vivants trophées de cette journée.

« Flambardin, le général Bonaparte vous demande. »

Placide, conduit par un officier d'ordonnance, cherchait ingénument à tirer parti des lambeaux d'uniforme dont il était revêtu, mais ce n'était pas chose facile; la conscience de son délabrement augmentait encore son trouble, quand il arriva devant le brillant état-major réuni autour du vainqueur d'Arcole.

Le Premier Consul fit un pas au-devant du tambour-major, et lui pinçant l'oreille familièrement :

« Tu te nommes Flambardin?

— Oui, mon général.

— C'est toi qui mets en fuite des divisions entières avec trente tambours?

— J'ai fait de mon mieux, mon général.

— C'est bien, je ne t'oublierai pas.

Le Premier Consul fit un pas au-devant du tambour-major.

Et tournant le dos brusquement, il alla dire quelques mots à Berthier, son chef d'état-major, qui s'inclina respectueusement.

Placide comprit que l'entretien était terminé; il alla aussitôt rejoindre la mère Fil-en-Quatre à qui il faisait de bien fréquentes visites, depuis que Giuseppina lui avait été confiée.

CHAPITRE XII

OU L'ON ENTEND FORCE COUPS DE CANON, ET OU L'ON DÉVOILE LES RELATIONS PÉNIBLES QUI PEUVENT EXISTER PARFOIS ENTRE CAVALIERS ET FANTASSINS

Pendant huit jours, les marches et les contremarches se suivirent sans interruption, mais évidemment on tournait le dos à Milan et il ne semblait pas probable qu'on y dût revenir de sitôt.

Placide ne se montrait nullement peiné de l'impossibilité manifeste où il se trouvait de reconduire Giuseppina dans sa famille, et il ne demandait qu'à achever ainsi la campagne, faisant remarquer à sa fiancée qu'elle se trouvait en sûreté au milieu de l'armée française, tandis qu'il n'en saurait être de même à Blevio, où elle serait exposée de nouveau à toutes les perfidies du vidame de Hautpignon.

« Quant à celui-là, concluait-il, j'espère que les hasards de la guerre nous feront trouver face à face, et il paiera cher tout ce qu'il nous a fait souffrir !

— Bah ! répondait Giuseppina, il est probable que nous ne le reverrons jamais ; nous n'avons plus à le redouter maintenant, ne pensons plus à lui. »

Tout semblait se préparer pour une grande bataille ; les différents corps de l'armée française se concentraient sur San-Giuliano, et cependant les Autrichiens, maintenant invisibles, semblaient s'être évanouis.

La 18e demi-brigade était campée un peu en arrière de Marengo, un modeste village dont le nom obscur allait bientôt devenir immortel.

Au petit jour, les Français furent réveillés par une canonnade formidable; l'ennemi attaquait à l'improviste et avec fureur la division du général Victor.

Écrasées par des forces infiniment supérieures, et après une résistance désespérée, les troupes françaises reculent en désordre.

En même temps, le général autrichien Ott, qui avait une revanche à prendre, se ruait sur le corps de Lannes, dont faisait partie la 18e demi-brigade, le broyant sous un ouragan de mitraille vomi par quatre-vingts pièces de canon.

« Soldats de la 18e, s'écrie Lannes, je veux vous récompenser de votre belle conduite à Montebello; je vous charge de protéger la retraite, c'est le poste le plus périlleux.

— Vive le général! crie Placide enthousiasmé, brandissant sa canne.

— Vive le général! Vive la France! » répètent les héroïques fantassins en agitant leurs chapeaux au bout de leurs baïonnettes.

Et la demi-brigade s'arrête, immobile comme un roc, pour donner aux camarades le temps de se retirer.

« Formez le carré! » cria une voix de tonnerre.

Il était temps, deux régiments, un de dragons et un de uhlans, arrivaient ventre à terre sur ces braves.

Une forêt de lances s'abat sur les baïonnettes qui forment une barrière d'acier infranchissable; on n'a pas le temps de charger, on se bat à l'arme blanche.

Un général, en habit de parade, tout chamarré d'or, excite les cavaliers, leur montre un point faible du carré, et se précipite à leur tête pour l'enfoncer.

A ce moment, le pauvre Lavisé roule à terre, frappé d'un coup de lance au cœur; sa main défaillante laisse échapper son fusil.

Placide, furieux, saisit l'arme, la charge rapidement, et d'un coup de feu étend raide mort le général ennemi, puis il commande de battre la charge.

Au roulement formidable des trente tambours, les Français qui commençaient à plier, reprennent courage, ils se précipitent sur les uhlans, ferraillant de pied ferme, et en font un terrible carnage.

Enfin, la retraite sonne et les cavaliers ennemis s'enfuient au galop.

La terre est jonchée de cadavres d'hommes et de chevaux; la 18e est décimée, presque tous les officiers sont tués; le commandant du 1er bataillon, le seul officier supérieur encore debout, commande avec calme :

Les cavaliers ennemis approchaient lancés à toute vitesse.

« Serrez les rangs!... Chargez!... »

Le carré se reforme, et on attend une nouvelle attaque.

« Fameux, dit Larose, goguenard, on nous fait les honneurs de la grosse cavalerie. »

En effet, les uhlans revenaient renforcés d'une brigade de cuirassiers aux tuniques blanches, sur lesquelles tranchaient brutalement les plastrons des cuirasses noires.

« Cette fois-ci, grogna l'Enflé, nous pouvons faire notre testament; sergent Larose, je vous lègue mon tabac et ma pipe.

— Inutile, mon garçon, les Kayserlicks vont probablement te la casser! »

On entendit un commandement bref :

« Apprêtez...! armes! »

Les cavaliers ennemis approchaient, lancés à toute bride. Quand ils furent à vingt mètres :

« Feu! » rugit le commandant.

Une détonation prolongée retentit; à travers la fumée, on vit les uhlans et les cuirassiers hésitants. Tous les coups avaient porté, deux cents cadavres étaient étendus devant le carré.

Mais cet instant de répit fut de courte durée, les officiers animant leurs hommes par leurs cris et leurs coups de plat de sabre, les débris de la 18e disparurent, comme noyés dans un flot mouvant.

Ce fut une lutte sauvage; la confusion était à son comble; sous la masse énorme de cette cavalerie, le carré avait fléchi : plus de commandements, des hurlements de bêtes fauves, des combats corps à corps, sauvages, sans merci, à coups de sabres, à coups de lances, à coups de baïonnettes ou à coups de crosses.

L'Enflé, ses armes brisées, renversait les cavaliers et leur sautait à la gorge pour les étrangler.

Placide manœuvrait formidablement sa redoutable canne; déjà, il avait fait trois victimes dans les rangs ennemis, quand il aperçut le drapeau entouré de uhlans, et désespérément agité par l'officier qui le portait.

« Au drapeau! » cria-t-il; et, suivi de quelques tambours, armés seulement de leur court petit sabre d'infanterie, il fait une brèche dans la muraille vivante qui s'était élevée autour du glorieux lambeau tricolore.

Larose, l'Enflé, Raphaël et quelques grenadiers s'élancent à sa suite, mais d'autres uhlans arrivent encore, arrivent toujours, le nombre s'en accroît sans cesse; Placide reçoit un coup de lance au front, il chancelle, puis se redressant, d'un suprême effort, il envoie à travers le visage de son adversaire un coup de canne désespéré qui lui broie le nez, les dents, les mâchoires; le malheureux roule à terre, n'ayant plus figure humaine.

Les intrépides fantassins sont épuisés de fatigue; ils vont succomber, et déjà les Allemands poussent des hurrahs victorieux.

Tout à coup, ils tournent bride, abandonnent leur proie et fuient encore une fois.

Ce sont les grenadiers de la garde consulaire, qui s'avancent, l'arme au bras, et recueillent les débris de la 18e demi-brigade dans leurs rangs.

La charge des grenadiers à cheval de la garde.

A leur tour, ils forment un carré de huit cents braves, l'élite de l'armée, et attendent avec le plus admirable sang-froid une nouvelle attaque.

Placide et ses compagnons sont placés au centre, ils pansent leurs blessures, prennent un instant de repos et s'apprêtent à reprendre la lutte, mêlés aux grenadiers.

« Ah! s'exclame soudain Larose, cette fois on nous envoie des hussards et des dragons.

— Je n'en suis pas fâché, réplique l'Enflé, je n'avais pas encore vu la légère.

— Sois tranquille, riposte Placide en souriant, tu vas voir défiler toute la cavalerie autrichienne; ce n'est plus une bataille, c'est une revue! »

Au milieu de la plaine immense, dans la fumée et la poussière, la garde demeure immobile comme une redoute de granit, et contre elle se brisent tous les efforts des escadrons autrichiens que prennent en flanc les grenadiers à cheval.

Enfin, l'arrivée du corps de Desaix change la face de la journée; les Français reprennent l'avantage, et la victoire leur sourit une fois de plus.

Le soir est venu; l'ennemi est en pleine déroute; Placide, accompagnant toujours les grenadiers, poursuit les fuyards, quand tout à coup, parmi les dragons de Lobkowicz, se sauvant au grand galop, poursuivis par les chasseurs de la garde, il reconnaît le capitaine de Hautpignon.

« Enfin! » s'exclame-t-il.

Et sautant sur un cheval abandonné, il se lance derrière lui.

Le vidame, malheureusement, est bien monté, il a de l'avance et cette chasse dure longtemps; les deux adversaires, dans leur course furieuse, ont laissé bien loin les autres combattants. Enfin le tambour-major va atteindre son rival, déjà la redoutable canne se lève, mais Hautpignon prend dans ses fontes un pistolet, se retourne et fait feu.

Le cheval de Placide, atteint à l'épaule, s'abat, entraînant son cavalier dans sa chute.

Quand celui-ci se releva, Hercule avait disparu.

Tout en pestant contre sa malechance, il chercha à s'orienter pour rejoindre son corps, mais il avait parcouru un espace considérable et la nuit était venue complètement, si bien que, ne sachant comment se diriger, brisé de fatigue et, il faut l'avouer, passablement endolori et écorché par l'exercice inaccoutumé d'équitation auquel il venait de se livrer, le brave garçon se décida à prendre d'abord un peu de repos; il s'étendit tout de son long à terre et s'endormit profondément.

CHAPITRE XIII

CATASTROPHE !

Placide rêvait que le Premier Consul le nommait Maréchal de France, dignité rétablie tout exprès pour lui; en guise de bâton, il lui donnait une magnifique canne de tambour-major à pomme d'or et l'élevait à la dignité de colonel-général des marguilliers de France, devant César-Aristoloche, sa femme et Giuseppina, qui pleuraient de joie...

Une grosse voix l'éveilla :

« Mille millions de n'importe quoi! C'est lui! »

Placide ouvrit les yeux et vit le sergent Larose penché sur lui et s'efforçant vainement de le soulever, opération qui, vu le poids du dormeur, était au-dessus des forces du brave sous-officier.

« Ah! çà, tu n'es donc pas mort, mon vieux camarade?

— Mais non, mon bon Larose, et je ne m'en sens pas la moindre envie.

— Tant mieux, morbleu, tant mieux. Je vais appeler l'Enflé et Raphaël qui te cherchent dans toutes les directions; en route tu nous raconteras ce qui t'est arrivé. »

Le sergent fit entendre un coup de sifflet, et quelques instants après les quatre amis étaient réunis.

Ce pauvre Lavisé manque seul à l'appel, remarqua tristement Raphaël.

« Pauvre garçon! soupira l'Enflé; enfin, nous l'avons bien vengé!

— Voyons, pas tant de sentiment, interrompit Larose, — dont les yeux, secs comme du vieux parchemin, d'habitude, commençaient à devenir humides. — Regagnons le camp, et lestement.

Placide rêvait que le Premier Consul le nommait Maréchal de France.

— Avez-vous vu Giuseppina depuis la bataille? demanda le tambour-major.

— Certes, répondit Larose, elle voulait même nous accompagner, mais de peur de mauvaises rencontres, nous n'avons pas voulu l'emmener. La campagne est pleine de fuyards jusqu'à Alexandrie, il faut être prudents. »

Tout en devisant, et tandis que Placide narrait sa poursuite inutile, on arriva au camp.

Les soldats de la 18e demi-brigade étaient réunis par petits groupes et causaient avec agitation; quand ils aperçurent Flambardin, ils se turent aussitôt et s'éloignèrent d'un air gêné.

Notre héros, tout à la joie de revoir sa fiancée, ne remarqua pas ce détail singulier; il se dirigea vers la cantine et trouva la mère Fil-en-Quatre effarée, le chapeau de travers sur ses cheveux en désordre, en grande conversation avec une sorte de cittadino[1] qui lui parlait en patois milanais, tous deux s'efforçant vainement de se comprendre.

« Holà! s'écria joyeusement Placide, ne vous démenez pas tant, la mère; si Giuseppina est absente, je vais vous servir d'interprète.

— Ne riez pas, major, si vous saviez ce qui se passe, vous ne seriez pas si gai!

Les soldats de la 18e causaient avec agitation.

— Que se passe-t-il?... Giuseppina?... Mais répondez donc, vous me faites mourir à petit feu!

— Du courage, mon pauvre garçon!

— Parlez! Mais parlez donc!

— Eh bien... Giuseppina a disparu!

— Miséricorde! Quand? Comment?

— Je l'ignore absolument; ce matin, elle n'était plus là et nous l'avons

1. Bourgeois.

cherchée vainement; toute la demi-brigade a battu inutilement les environs. Mais cet homme vient peut-être nous apprendre quelque chose, car dans son baragouin revient fréquemment le nom de Giuseppina.

Le tambour-major, qui, on s'en souvient, était, grâce aux leçons de sa fiancée, en état de comprendre et de parler un peu le patois milanais, interrogea l'Italien, et celui-ci prit la parole en ces termes :

« Signor, je suis parent de la famille Coraglia; les Tedeschi m'ont emmené de force, pour leur servir de guide dans tout ce pays que je connais, et où m'appelle continuellement mon commerce de vins.

Après la défaite des troupes autrichiennes, hier, je m'apprêtais à m'enfuir, profitant de l'horrible confusion qui règne en ce moment parmi les vaincus, quand j'aperçus une jeune fille gardée par des dragons de Lobkowicz; j'eus bientôt reconnu Giuseppina, et, profitant d'un moment où elle était seule, sous la surveillance d'un grand diable à mine patibulaire, j'allais m'approcher d'elle, mais elle me fit signe de ne pas bouger, et à mi-voix elle chanta en milanais, sur un vieil air du pays, ces propres paroles :

« Va trouver le tambour-major Flambardin, au camp français; dis-lui que, ce matin, ce dragon que tu vois est venu me trouver, déguisé en paysan, pour me conduire, assurait-il, vers mon fiancé dangereusement blessé; je suis partie sans défiance et il m'a menée dans une petite maison où m'attendait le capitaine de Hautpignon avec son escorte. J'ai surpris quelques mots à la conversation de ces bandits; ils comptent m'emmener à Rome, Albergo del Cavallo bianco [1]. »

Elle n'a pu m'en dire davantage, parce qu'un officier, qui paraissait être le chef de la troupe, est arrivé, et elle s'est tue, pour ne pas exciter les soupçons, sans doute.

J'ai pu m'esquiver sans qu'on fît attention à moi, et je suis venu remplir la mission que mon infortunée petite cousine m'a confiée. »

Placide lui tendit la main :

« Merci, monsieur, jamais je n'oublierai le service que vous venez de me

1. Auberge du Cheval blanc.

rendre. Maintenant il s'agit de ne pas perdre un instant et de rattraper le Hautpignon. Il sera bien malin, s'il m'échappe, cette fois! »

Un instant après, le tambour-major se présentait devant le commandant de la 18e demi-brigade.

« Mon commandant, j'ai une grâce à vous demander.

— Parle, mon brave, après ta brillante conduite, je n'ai rien à te refuser.

— Mon commandant, les Autrichiens m'ont enlevé ma fiancée, je veux la leur reprendre; je viens vous demander un congé.

— Accordé. Le Premier Consul signe aujourd'hui même un armistice qui interrompt les hostilités jusqu'au 12 novembre; nous avons cinq mois de repos devant nous; prends le temps qui te sera nécessaire, jusqu'à la reprise de la campagne.

— Merci, mon commandant, je ne sais comment vous dire ma reconnaissance...

— Inutile, tu as bien mérité cette petite faveur... Et tu pars seul?

— Mon commandant, si vous vouliez bien autoriser le sergent Larose, Raphaël Pinxit et l'Enflé à venir avec moi...

— Ah! ah! les inséparables. Soit, partez tous quatre, et bonne chance. »

Placide remercia encore, salua militairement et alla prévenir ses amis.

« Les gueux! s'écria Larose. Sois tranquille, va, nous la reprendrons, ta belle amie, et cette fois, le gredin qui nous donne tant de fil à retordre ne nous échappera pas, je t'en réponds!

— Pour sûr! approuvèrent gravement l'Enflé et Raphaël.

— Procurons-nous des vêtements, dit Flambardin, et partons! »

CHAPITRE XIV

DANS LEQUEL LE VIDAME DE HAUTPIGNON EST VICTIME D'UNE PÉNIBLE MYSTIFICATION

Giuseppina estimait avoir fait beaucoup pour sa délivrance en envoyant prévenir Placide et en lui fournissant de précieux renseignements sur le lieu de sa captivité, mais, toute confiante qu'elle fût dans le courage et l'habileté de son fiancé, l'avenir lui paraissait menaçant; pourrait-il quitter l'armée et s'élancer sur ses traces; parviendrait-il sain et sauf jusqu'à elle, à travers une si longue étendue de pays sillonné en tous sens par les troupes autrichiennes? enfin, le vidame, rendu plus prudent que jamais par sa déconvenue précédente, ne prendrait-il pas des précautions telles que la délivrance devînt impossible?

Tout cela était gros de difficultés et de périls sans nombre.

Elle n'eut pas le loisir de méditer beaucoup sur ce sujet, car Herbert, le dragon chargé particulièrement de sa surveillance, la prévint qu'on allait se mettre en route.

« Où allons-nous? demanda la jeune fille, avec une feinte naïveté.

— Le capitaine a défendu de le dire », répondit le lourd Allemand, du ton aimable d'un chien à qui on veut arracher un os.

Giuseppina n'insista pas. On la fit monter à cheval, les cavaliers autrichiens l'entourèrent, Hercule de Hautpignon se plaça en tête, et on partit au grand galop.

Le voyage jusqu'à Rome n'offrit rien de remarquable. Le capitaine évitait les chemins frayés, prenant à travers champs, s'arrêtant aussi rarement que possible et établissant pendant les haltes un cordon de vedettes, qu'il surveillait lui-même; il semblait de fer, et ne se reposait presque jamais.

Herbert, jaloux de regagner la confiance de son maître, ne quittait pas sa prisonnière un instant.

Enfin, on arriva à l'Albergo del Cavallo bianco.

Giuseppina, en entrant dans la ville éternelle, avait d'abord songé à crier au secours et à tenter de se faire délivrer par le peuple, mais elle songea que ses gardiens avaient dû prévoir cet incident, qu'ils avaient sans doute pris leurs mesures en conséquence et qu'en outre, l'escadron, bien monté et bien armé, pouvait défier toute intervention populaire.

Elle parut donc se résigner et gagna paisiblement la chambre qu'on lui assigna.

Herbert se coucha dans le couloir, en travers de la porte.

Elle ouvrit la fenêtre et se persuada que, non plus de ce côté, il ne lui restait aucune chance d'évasion : deux sentinelles se promenaient dans la rue, l'une surveillant la maison et l'autre les environs.

On frappa à la porte.

« Entrez », fit-elle.

C'était le vidame.

« Mademoiselle, dit-il, en s'inclinant, je viens vous prier de vouloir bien m'accorder un court entretien.

— Je vous écoute.

— Vous avez trop d'esprit et de raison pour ne pas vous rendre compte fort exactement que vous n'avez aucune chance de vous échapper maintenant.

Avertis par l'expérience — et de sévères punitions — mes dragons font bonne garde; votre... ami, M. Flambardin, ne peut quitter une seconde fois son régiment pour vous délivrer, et, le fît-il, cette tentative ne saurait aboutir; vraisemblablement même, elle lui serait fatale. En outre, j'ai l'habitude de briser tous les obstacles, et celui-ci tombera comme les autres! »

Il fit une pause, comme pour attendre une réponse.

Giuseppina était violemment émue, mais elle demeura impassible en apparence.

Il continua :

« Le mieux est donc de vous soumettre, croyez-moi. Si vous acceptez de bonne grâce de devenir ma femme, je vous donne ma parole d'honneur de ne chercher à nuire en rien à votre Flambardin. D'autre part, vous ne serez pas bien à plaindre de porter mon nom et d'acquérir à la cour de Vienne, où nous nous rendrons, une situation brillante et enviée, grâce à ma naissance...

— Et à ma dot!

— Peut-être, répliqua le vidame en réprimant un mouvement de colère. Enfin! décidez-vous! Si vous me donnez votre main, soyez bien persuadée que je ferai tout au monde pour vous rendre heureuse, pour vous donner le bonheur que vous méritez.

— Eh bien! j'accepte, mais à une condition.

— Laquelle?

— C'est que le mariage n'aura lieu que dans huit jours, et que mes parents y assisteront.

— Ceci est fort ingénieux, mais, malheureusement pour vous, je devine vos projets. Vous comptez donner le temps à vos amis de vous délivrer, ou même les faire conduire ici par votre père. L'idée n'est pas mauvaise, toutefois vous permettrez que je m'oppose à son exécution. Le mariage doit avoir lieu demain au plus tard; nous irons ensuite faire nos visites de noce tout à loisir.

— Je vois que vous êtes impitoyable; je suis à votre merci, la résistance est impossible, je cède.

— Enfin! s'écria triomphalement Hercule. Je vais tout disposer pour la cérémonie; demain, vous serez Mme de Hautpignon... Jusque-là, sans vous offenser par une défiance que je ne ressens pas, certes, je vous demanderai la permission de continuer autour de vous la même surveillance rigoureuse, car je ne veux pas qu'on vienne vous enlever à moi, maintenant moins que jamais. »

Giuseppina se mordit les lèvres et ne répliqua pas.

« A demain, ma belle fiancée.

— Je savais bien, se dit le capitaine en s'en allant, qu'elle finirait par céder! Il est bien inutile de perdre son temps à faire la cour à ces petites sottes, et, au fond, celle-ci sera enchantée d'occuper un rang auquel jamais elle n'aurait pu prétendre sans moi. »

Le lendemain, une petite église située près de la Via in Pane perna [1], dans laquelle se trouvait l'Albergo del Cavallo bianco, offrait un singulier spectacle.

Un capitaine des dragons de Lobkowicz, donnant le bras à une jeune fille modestement vêtue de blanc, faisait son entrée dans la nef, suivi d'une cinquantaine de cavaliers de ce régiment, qui semblaient plutôt des gendarmes escortant des prisonniers qu'un cortège de noce.

Au dehors, des factionnaires veillaient, et de petits groupes de dragons faisaient des patrouilles dans toutes les rues avoisinantes.

Hercule tenait parole, et jusqu'au dernier moment redoublait de précautions.

« La messe commença, puis vint le moment de la bénédiction nuptiale.

— Hercule-Eudore-Pàris de Pontcassé de Hautpignon, consentez-vous à prendre pour femme Giuseppina-Enrichetta Coraglia?

— Oui, mon père.

— Giuseppina-Enrichetta Coraglia, consentez-vous à prendre pour mari Hercule-Eudore-Pàris de Pontcassé de Hautpignon?

— Non, mon père! cria la jeune fille, et d'un bond, se précipitant aux genoux du prêtre : Sauvez-moi, je vous en conjure! Cet homme m'a enlevée, il veut m'épouser de force! Délivrez-moi, au nom du Christ et de la Madone; ayez pitié de moi!

1. Rue du Pain au jambon.

Le vidame était demeuré stupéfait, mais, le premier moment de surprise passé, il fit un signe, et Herbert prit Giuseppina par le bras; elle se débattait et implorait toujours :

« Mon Père, délivrez-moi! »

Le vénérable ecclésiastique redressa sa belle tête couronnée de cheveux blancs et s'adressant au capitaine, blême de colère :

Le cortège nuptial.

« Monsieur, dit-il, au nom de Dieu qui nous voit et nous juge, rendez la liberté à cette enfant!

— L'abbé, répliqua Hercule, mêlez-vous de vos affaires, ou vous vous repentirez de vous être mis en travers de ma route!

— Je ne crains rien, monsieur, mais n'oubliez pas cette parole d'un vieillard : vous serez châtié en cette vie et en l'autre; Dieu veuille vous faire miséricorde et vous laisser le temps de vous repentir.

— Tout le monde dehors ! hurla le vidame exaspéré. A cheval, et en route ; ici nous ne sommes pas encore en sûreté. Nous allons conduire cette petite fille au château de l'Œuf, et nous verrons si, là, entièrement à ma merci, elle résistera longtemps ! »

Cinq minutes après cette scène, les dragons avaient franchi les portes de Rome et galopaient sur la route de Naples.

CHAPITRE XV

COMMENT PLACIDE ACQUIT DES NOTIONS EXACTES SUR LE SALUT MILITAIRE EN AUTRICHE

« Tu ne trouves pas que j'ai l'air d'un véritable Kayserlick?

— Si, si, mais tu n'as pas l'air assez abruti; soigne ton air...

— Ah! je n'ai pas... et comme ceci?

— Superbe! ça y est!

— Tout ça, c'est bel et bon, mais, à mon avis, ce n'est pas une fameuse idée que tu as eue là, Flambardin.

— Voyons, mon bon Larose, puisque Raphaël et l'Enflé me trouvent bien...

— Ça n'est pas une raison...

— Merci, sergent!

— Il n'y a pas de quoi... ça n'est pas une raison, et j'ai bien peur qu'il nous arrive quelque fâcheuse histoire, avec ce déguisement; tu aurais mieux fait de t'habiller en paysan quelconque, comme nous!

— Et ma canne?

— Je voudrais la voir à tous les diables, ta canne! Suppose que nous rencontrions le régiment de ce tambour-major autrichien dont tu as pris l'uniforme sur le champ de bataille, que ferais-tu?

— Bah! nous ne le rencontrerons pas!

— Voyons, ne perdons pas de temps en discussions, et partons, nous n'avons pas un instant à perdre.

— Raphaël a raison, partons. »

Quelques heures après cette conversation, nos quatre amis cheminaient sur la route de Rome, quand, à la tombée de la nuit, ils aperçurent en arrivant au sommet d'une côte un bataillon de Croates marchant dans leur direction.

« Du sang-froid, murmura Larose, pas d'imprudence, arrêtons-nous sans affectation; toi, Placide, tu vas faire de grands gestes comme pour nous demander ton chemin.

— Compris. »

Malheureusement, le tambour-major, préoccupé de jouer consciencieusement son rôle, négligea une formalité importante, celle du salut auquel avait droit le commandant autrichien.

« Tarteifle! jura l'Allemand, ce drôle ne me rend pas les honneurs! Holà, caporal Schlague, vingt coups à cet homme! Pendant ce temps, nous nous reposerons un instant. Bataillon!... Halte!... Repos! »

Un gros caporal à la face cramoisie, aux énormes moustaches rousses, dont les yeux semblables à des boules bleu faïence semblaient prêts à quitter violemment leur orbite, dit quelques mots à deux Croates qui, sans plus de cérémonie, saisirent Placide, le dépouillèrent de ses vêtements jusqu'à la ceinture et le firent courber en deux, pendant que le caporal faisait siffler sa baguette de coudrier et la laissait violemment retomber sur l'échine du malheureux en comptant les coups à haute voix :

« Ein, zwei, drei, wier, fünf... »

Larose grinçait des dents et l'Enflé serrait les poings avec une telle rage, que les ongles pénétraient dans la chair.

« Silence! dit Raphaël, pas un mot, pas un geste, nous ne le sauverons pas et nous nous perdrons tous avec lui. »

Le supplice prit fin.

Placide tomba inerte sur le gazon qui bordait la route et le bataillon reprit sa marche, précédé du commandant grommelant entre ses dents les mots de brute... de couper les oreilles... et autres aménités du même genre.

Placide évanoui revint à lui sous les frictions énergiques de ses camarades, et sous une impression de fraîcheur causée par l'eau puisée dans un fossé, que l'Enflé lui versait sur la figure.

« Les gueux! fit-il. Ah! je me vengerai! Bâtonner un sous-officier français! Je me vengerai! je me vengerai!

Le caporal comptait les coups.

— Pour le moment, fit observer Raphaël, laisse-nous te panser.

— Et puis, ajouta Larose doucement, nous allons tâcher de trouver d'autres vêtements.

— Tu avais raison, ça n'a pas réussi! Mais je me vengerai! poursuivit-il sourdement.

— Il y a une auberge à quelques pas d'ici; si vous voulez, je vais y aller seul, proposa l'Enflé, je trouverai bien quelque moyen de te procurer le nécessaire.

— Adopté, dit le sergent, allons, file vivement, nous allons établir notre quartier général derrière cette meule de paille que tu vois là-bas.

— Compris. »

Et l'Enflé partit à toutes jambes.

La nuit était venue tout à fait sombre et sans lune; en arrivant à l'auberge, il ralentit le pas et aperçut une famille anglaise : le père, la mère et deux grands jeunes gens longs et secs, tous absorbés dans la lecture d'un guide.

« Pietà, signori! Carita, per l'amor di Dio[1]! » gémit le Parisien d'un ton pleurard, en feignant de traîner la jambe d'une façon lamentable.

Les insulaires lui tournèrent le dos, sans même daigner lui répondre, puis montèrent se coucher après avoir échangé de secs bonsoirs et d'automatiques shake-hand.

L'Enflé se glissa à leur suite, sans être remarqué, se blottit dans un enfoncement obscur de l'escalier et attendit.

Des portes s'ouvrirent, puis se refermèrent, dans le couloir du premier étage; quand tout bruit eut cessé, il ôta ses chaussures, et montant rapidement, il enleva, en un tour de main, tous les vêtements et les souliers des touristes britanniques, déposés devant les portes, puis se penchant à une fenêtre ouverte, sur laquelle un grand arbre étendait son feuillage touffu, il s'élança sur une des branches, se laissa glisser jusqu'à terre et rejoignit ses compagnons sans encombre.

« Fameux, dit Larose, en examinant le paquet joyeusement étalé par le Parisien. Fameux, nous allons avoir l'air de vrais milords.

— Par exemple, fit observer Placide, ce n'est peut-être pas très correct ce que nous faisons là!

— Puisque nous sommes en guerre avec l'Angleterre! objecta Raphaël.

— Et puis, conclut l'Enflé, ils n'ont vraiment pas été aimables, et moi, j'aime les égards, c'est mon faible.

— Partagez-vous cette friperie, moi qui n'ai pas de barbe, je vais prendre le costume de la vieille lady.

— Mais les cheveux?

— Voilà bien les artistes! Raphaël, mon ami, quand j'aurai enfoncé ce chapeau-casquette, dernier cri de la mode de Londres, je te défie de dire si je suis chauve, ou si j'ai une chevelure opulente...

1. Pitié, messieurs! La charité, pour l'amour de Dieu.

— Et ma canne, que vais-je en faire?

— Encore la canne! gémit l'Enflé. Cet ustensile causera notre mort à tous. Eh! mets-la dans l'étui du gigantesque télescope que portaient ces English.

— L'Enflé, mon ami, tu es un grand homme.

— On ne me l'a jamais dit, mais je l'ai toujours pensé. »

Sans prendre plus de repos, on se remit en marche, car il eût été dangereux de rester plus longtemps dans le voisinage des propriétaires de cette défroque empruntée avec une aimable désinvolture.

Malheureusement, Placide souffrait de ses blessures et malgré son énergie, il se laissa tomber sur le bord d'un fossé, en déclarant qu'il lui était impossible de faire un pas.

Malgré leur courage, ses camarades se regardaient anxieux et presque découragés; on était environnés de périls de tous côtés; porter le tambour-major n'était pas chose facile et d'ailleurs exciterait les soupçons, les Anglais, malgré leur excentricité, n'ayant pas coutume de voyager sur le dos de leurs compagnons de route.

Ils ne savaient que résoudre, quand un bruit de grelots se fit entendre et bientôt une chaise de poste traînée par quatre chevaux vigoureux et conduite par deux superbes postillons en livrée verte galonnée de rouge, s'arrêtèrent devant la fausse famille anglaise.

« Milord, dit l'un d'eux en ôtant respectueusement son chapeau, nous sommes aux ordres de Votre Excellence.

— Aôh! glapit l'Enflé sur un ton de fausset, qui faillit faire éclater de rire ses amis, malgré la gravité des circonstances, vous étiez bocoup en retard!

— Milady voudra bien nous excuser, répondit le postillon humblement, nous ne pensions pas qu'il fût si tard...

— C'est bien, interrompit Larose, tâchez de rattraper le temps perdu! Nous sommes attendus à Rome, crevez vos chevaux s'il le faut, nous les paierons, mais allez vite, nous sommes pressés!...

— Milord a changé son itinéraire?

— Ceci ne regarde pas vô! » fit sévèrement l'Enflé.

Et tandis que les postillons s'inclinaient humblement, les touristes montèrent dans la voiture qui partit à une allure vertigineuse.

« En continuant de cette allure, nous serons bientôt à Rome, mais comment paierons-nous ces braves gens?

— Raphaël, mon ami, ne t'inquiète pas de cette question, elle me regarde seul.

— Tu es donc cousu d'or, opulent Flambardin?

— J'ai une petite somme que je ne veux pas dépenser, car nous en aurons besoin pour le retour.

— Alors?

— Alors, tu verras, j'ai une idée.

— Encore!

— Toujours. »

Le voyage s'accomplit sans fâcheuses rencontres; parfois, des détachements de hussards ou de dragons autrichiens arrêtaient la voiture pour demander aux voyageurs leurs papiers.

Larose exhibait flegmatiquement les passeports trouvés dans les poches des Anglais et les cavaliers s'inclinant, saluaient et laissaient passer.

On arriva ainsi à Rome. Sur la place Saint-Jean-de-Latran, Placide fit arrêter la voiture et dit froidement aux postillons :

« Vous allez retourner au village où vous deviez nous prendre. A l'auberge vous trouverez quatre autres personnes de notre famille; vous les conduirez ici, au palais du prince Sciarra Colonna, notre ami, qui nous offre l'hospitalité. Nous réglerons la dépense à votre retour. Allez. »

Les deux hommes ôtèrent respectueusement leurs chapeaux et partirent sans faire d'observations.

Quand ils eurent disparu :

« Maintenant, dit le tambour-major, à l'Albergo del Cavallo bianco! »

CHAPITRE XVI

COMMENT UN OFFICIER CROATE REGRETTA VIVEMENT D'AVOIR VISITÉ LE COLYSÉE

A cette époque, les touristes anglais jouissaient d'une réputation de richesse colossale et de somptueuse générosité, singulièrement compromise depuis par la création des agences Cook de voyages à bon marché. Aussi, Placide et ses camarades furent-ils accueillis par l'hôte du Cavallo bianco avec force saluts et révérences jusqu'à terre.

« Donnez-nous à souper et deux bonnes chambres.

— Milord sera satisfait; Dieu merci, la maison est connue avantageusement pour son confortable et son luxe. »

Après cette petite réclame obligée, que démentait l'aspect misérable de l'auberge, le digne propriétaire du bouge s'empressa de courir à ses casseroles pour y exécuter de savantes mixtures propres à flatter les palais aristocratiques des nouveaux arrivés.

Pendant ce temps, l'Enflé avait appelé une servante et l'interrogeait d'un air flegmatique et indifférent.

« Y avait-il bocoup de monde, dans ce maison?

— Pas en ce moment, milady; depuis hier, nous n'avons plus personne.

— Aôh!... et hier!

— Hier, nous avions un capitaine de l'armée autrichienne, un bel homme, un Français émigré, à ce qu'il paraît.

— Je regrettais bocoup; mes fils ils aimaient bien les militaires, pour faire des excursions à cheval avec eux et jouer aussi, ils aimaient bocoup le jeu.

— C'est bien regrettable, milady, car je ne pense pas qu'il revienne, il s'en est allé faire son voyage de noces.

— Ho! il se havé marié?

— Oui, il était ici avec une jeune fille, sa fiancée, disait-il.

— Où faisait-on les voyages de noces, dans cette pays?

— Je l'ignore, milady; mais si milady tenait à savoir où a été le capitaine, elle n'a qu'à aller voir l'abbé Giacomo, via dei Serpenti [1]; il nous a priés de lui envoyer les personnes qui s'informeraient de la jeune dame.

— Je n'avais pas envie d'aller voir cet abbé Giacomo, tout cela était indifférent à moâ. »

L'Enflé, dissimulant sa satisfaction, rejoignit ses compagnons d'un air froid et ennuyé.

« Nous sortirons après le souper, sous prétexte de visiter la ville, nous avons une visite à faire.

— Tu as des nouvelles de Giuseppina?

— Oui, mais silence, nous ne pouvons parler ici. »

Le repas fut rapidement expédié, chacun avait hâte de questionner la fausse Anglaise.

En quelques mots, tous furent bientôt au courant et on se dirigea vers la demeure de l'abbé Giacomo.

La via dei Serpenti n'était pas éloignée de l'Albergo del Cavallo bianco, et bientôt les quatre amis frappaient à la porte du vénérable ecclésiastique, choisi la veille par le vidame pour célébrer son mariage.

Il raconta en détails tous les faits dont il avait été témoin.

« J'ai pensé, dit-il en terminant, que peut-être les parents ou les amis de la

1. Rue des Serpents.

pauvre enfant, cherchant à la retrouver, découvriraient ses traces et arriveraient à cette auberge, où on l'avait retenue prisonnière, et j'ai prié qu'on m'adressât les personnes qui s'informeraient d'elle, afin de leur donner cette précieuse indication échappée au capitaine, son intention de la conduire au château de l'Œuf.

Le commandant rêvait les yeux au ciel.

— Et où est ce château, monsieur l'abbé? demanda Placide.

— A Naples, mon enfant.

— Mille millions de... pardons, monsieur l'abbé, fit Larose, c'est diantrement loin, Naples!

— Sans doute, aussi je pense que vous ne comptez pas y aller à pied?

— Hélas! reprit Placide, nous n'avons pas d'autre moyen de locomotion à portée de nos ressources. »

Et il expliqua au bon prêtre les motifs qui leur avaient fait revêtir ce costume d'emprunt, le mit pleinement au courant de la situation et finit par lui demander un conseil.

« Prenez la diligence, elle part demain, précisément ; vous arriverez à Naples quelques jours après votre fiancée, et là vous aviserez à trouver quelque stratagème que vous inventerez bien mieux que moi, si j'en juge par ce que vous avez fait jusqu'ici. »

Placide remercia chaleureusement l'excellent abbé et partit suivi de ses amis. Au lieu de rentrer, ils se promenèrent longtemps dans les rues désertes, causant à voix basse des moyens de mener à bonne fin leur périlleuse et difficile expédition.

Sans s'en apercevoir, ils avaient fait un chemin considérable et ils étaient parvenus au Colysée dont ils longeaient les murs, quand soudain ils se trouvèrent face à face avec un commandant de Croates qui sortait des ruines un petit carnet à la main, rêvant les yeux au ciel et comme un homme qui fait des vers et en scande péniblement les pieds.

Le tambour-major s'arrêta :

« Morbleu ! je ne me trompe pas !... C'est bien l'officier qui m'a fait donner la schlague !

— C'est lui-même, confirma l'Enflé. Tu peux lui offrir tes civilités empressées.

— Telle est aussi mon intention.

— Sois prudent », murmurèrent Larose et Raphaël.

Le commandant avait aperçu les faux Anglais et il regardait l'étui à télescope de Flambardin.

« Pardon, monsieur, fit-il en saluant courtoisement, je viens de visiter les magnifiques restes du Colysée, j'ai même fait quelques vers... mais là n'est pas la question ; je pense que vous venez ici dans le même but et je vous serais bien reconnaissant si vous vouliez bien me prêter un instant cette belle lunette que vous portez en sautoir, afin de voir plus aisément le sommet des ruines.

— *All right*, sir, avec plaisir. »

Les touristes pénétrèrent dans la vaste enceinte, tandis que l'officier se confondait en remerciements.

« Aôh! vous remercierez tôt à l'heure », dit l'Enflé en minaudant.

Quand on fut parvenu au milieu de l'immense monument, Placide sortit sa canne de l'étui et la saisissant à deux mains tomba à grands coups sur le Croate stupéfait qui se mit à hurler : A l'assassin!... Au secours!... On me tue!...

« Hô! ricanait l'Anglaise, je avais dit à vô de remercier après seulement.

— Ah! gueux! criait Flambardin, tu as fait donner la schlague à un sous-officier français, tiens... tiens... tiens encore... et encore ceci!... »

Et il continuait à bâtonner de toutes ses forces l'officier qui finit par rouler dans la poussière, sans connaissance.

« J'ai peut-être été un peu loin, dit Placide en s'arrêtant.

— Il le méritait, va, répliqua Raphaël.

— En tous cas, filons, nous n'avons plus rien à faire ici.

— Le sergent Larose a raison, conclut l'Enflé; si vous m'en croyez, nous ne retournerons pas à l'auberge, nous avons payé notre souper, laissons-leur pour compte leurs belles chambres et gagnons la diligence qui va nous emmener ce matin. Notre ami le Kayserlick, une fois revenu à lui, ne saura où nous retrouver. »

L'avis du Parisien fut approuvé unanimement, et quelques heures plus tard, nos héros, installés sur l'impériale d'une patache disloquée, malpropre et encombrée de *ocntadini*[1] en haillons, partaient pour Naples, avec un grand bruit de ferrailles, aux sons discordants d'une trompe embouchée par un cocher loqueteux, à la mine affamée.

Aussitôt qu'on eut gagné la campagne, les conversations commencèrent.

« Tu disais, Beppo, que les Napolitains avaient envahi les États de Notre Saint-Père?

— Oui, mais les Français les ont joints à Sienne et les ont battus si bien qu'ils sont partis sans insister plus longtemps.

— Ma foi, tant mieux! nous sommes sûrs à présent de ne pas tomber au milieu d'une bataille.

— Et de ne pas rencontrer de Croates, ajouta mentalement Placide.

1. Paysans.

— Nous n'avons plus à craindre que les brigands.

— *Sicuro*[1] ! mais tu n'as pas vu, dans le coupé de la voiture, il y a des soldats.

— Madona ! pourvu qu'ils n'aient pas l'idée de résister.

— Dieu veuille que non, car Demonio Bouffalotti est un terrible homme et il ne nous ferait pas quartier.

— Et où se trouve ce fameux Bouffalotti, signor ? demanda l'Enflé.

— A mi-chemin de Naples, milady, nous n'y sommes pas encore.

— En ce cas, dormons », conclut Larose.

Et les quatre amis, fermant les yeux, ne firent qu'un somme jusqu'au relais.

1. Assurément.

CHAPITRE XVII

DANS LEQUEL LES SOLDATS NAPOLITAINS SE COUVRENT DE GLOIRE

A quelques lieues au-dessus de Terracine, à la *crociata di San-Georgio*[1], les soldats pontificaux furent remplacés par une escorte napolitaine.

C'étaient de magnifiques gaillards, portant avec élégance le brillant uniforme des grenadiers royaux, très bruns, avec des moustaches en croc, prenant volontiers des poses théâtrales et se laissant admirer de fort bonne grâce, ayant d'ailleurs, sans modestie aucune, conscience de leur bonne mine.

« Mâtin ! fit l'Enflé à voix basse, voilà des troupiers vraiment bien ficelés.

— Reste à savoir ce qu'ils valent au feu », répliqua Placide en souriant.

L'officier, le marquis Spirito Perduto, habillé comme une gravure de mode dans des vêtements neufs et extra-collants, monta lestement dans le coupé, après avoir déclaré que si Bouffalotti osait s'attaquer à la diligence, mal lui en prendrait, car il serait pris et pendu haut et court au premier arbre du chemin. Puis, avec une grande énergie, il vida une bouteille de vin d'Asti que lui offrit un voyageur et l'on se mit en route.

1. Carrefour Saint-Georges.

Avant d'arriver à Sessa, où l'on devait passer la nuit, la voiture s'engagea dans une sorte de défilé encaissé dans deux hauteurs boisées d'un aspect sauvage.

« Si nous devons être attaqués, déclara Larose, j'ai idée que ça pourrait bien être par ici. »

Comme on allait gravir une côte escarpée, l'officier napolitain descendit et rassembla ses hommes :

« Ne vous inquiétez pas, dit-il au conducteur, nous vous rejoindrons après la montée ; des espions m'ont appris que Bouffalotti se trouvait de ce côté ; nous allons pousser jusqu'à l'endroit indiqué et il sera bien malin s'il nous échappe. »

Le marquis Spirito Perduto.

Et s'enfonçant dans les arbres, à droite de la route, il disparut rapidement avec tout son monde.

Presque aussitôt, du côté opposé, surgirent des ombres enveloppées dans de grands manteaux noirs et une voix forte commanda :

« *Olà!*[1] »

Le conducteur arrêta la diligence, et sautant à terre, alla se jeter aux pieds d'un personnage qui paraissait être le chef des nouveaux venus.

« Seigneur Bouffalotti, Excellence, ne nous faites pas de mal, je vous en conjure ; nous allons vous livrer tout ce que vous désirez, sans résistance !

— Per Bacco, j'y compte bien », railla Demonio. Et s'adressant aux voyageurs éperdus : « Descendez tous promptement et videz vos poches, tandis qu'on va visiter les bagages.

— C'est comme à la douane, gouailla Raphaël.

— Chut ! interrompit Placide, je viens de les compter, ils sont douze, ça nous en fait trois pour chacun, ce n'est pas exagéré.

1. Halte.

— Ce n'est même pas assez, dit l'Enflé.

— Dispersons-nous, commanda Larose, et prenons chacun trois interlocuteurs, je donnerai le signal de la conversation. »

Les faux Anglais se dispersèrent sur la ligne formée par les voyageurs tremblants.

Les bandits commençaient à fouiller consciencieusement toutes les poches

Le terrible Bouffalotti.

avec une dextérité qui prouvait leur habitude de ce genre d'exercice, lorsque le sergent s'écria :

« Feu partout! Et à l'arme blanche! »

En même temps, il tirait de ses poches deux pistolets et les déchargeait à bout portant sur deux brigands qui tombèrent foudroyés.

Cet exemple était suivi en même temps par l'Enflé et Raphaël, presque avec le même succès, cinq des bandits étaient hors de combat, morts ou grièvement blessés.

Placide muni de son arme ordinaire, la fameuse canne, avait assommé deux adversaires et, grâce à sa force peu commune, s'était rendu maître du chef de la bande, en prenant cet homme redoutable par le fond de sa culotte vert pomme, de la main droite, et par le cou de la main gauche; puis, sans plus de façons, il l'avait, en un tour de main, ficelé au moyen des cordes qui retenaient les bagages.

Les quatre brigands demeurés sains et saufs avaient pris la fuite à toutes jambes, peu curieux de soutenir l'assaut de ces touristes, d'apparence débonnaire mais trompeuse.

« Nous pouvons repartir à présent, dit Flambardin à ses compagnons de route ; je pense même qu'il est inutile d'attendre le retour de M. le marquis Spirito Perduto et de ses grenadiers. »

Un gros homme, au nez cramoisi, mais d'aspect majestueux, s'approcha du sergent :

« Monsieur, lui dit-il solennellement, je tiens à vous dire ce que je pense de votre conduite.

— Oh! monsieur, répliqua le vieux sous-officier, prenant un air modeste, ce que nous avons fait n'est rien...

— Rien, monsieur! interrompit fougueusement le gros homme, rien!... Mais c'est tout bonnement une action... comment dirai-je?

— Héroïque?... hé, non!...

— Une action abominable! continua l'Italien.

— Vous dites?...

— Oui, monsieur, une action abominable! Vous ne songez qu'à vous, en égoïste; vous vous délivrez des gens qui vous gênent et vous ne songez pas aux représailles que les survivants de la bande du signor Bouffalotti vont exercer sur les voyageurs qui nous succéderont, peut-être sur nous-mêmes à notre retour! »

Larose, stupéfait, gardait le silence.

« Vous avez raison, monsieur, intervint Placide d'un air très sérieux, et je le vois bien maintenant, le véritable courage est celui de notre escorte. Ces braves soldats ont disparu à temps, afin de ne pas céder à la tentation de se battre. Et Dieu sait combien cette abnégation héroïque a dû leur coûter.

— Vous me semblez plus raisonnable que vos amis, monsieur; si vous avez quelque influence sur eux, persuadez-les de relâcher le signor Demonio; peut-être, avec quelques présents, pourrons-nous l'apaiser.

— Telle est aussi notre intention, continua Placide d'un air ingénu.

— Ah!

— Oui, nous comptons lui faire offrir une solide cravate de chanvre par le gouvernement en arrivant à Naples. »

Le gros homme mystifié jeta aux quatre amis un regard de travers et regagna silencieusement sa place dans la voiture.

La diligence reprit sa route; les Français avaient toujours l'œil au guet, par surcroît de précautions, car un retour offensif était bien peu à redouter après la façon dont la fameuse bande avait été reçue.

A Sessa, Placide fit coucher son prisonnier dans sa chambre.

« Si tu ne cherches pas à t'échapper, lui dit-il, nous aurons les plus grands égards pour toi, mais si tu veux faire le méchant, tu t'en repentiras.

— Signor, repartit Bouffalotti, vous m'avez vaincu, je me soumets; mais, je vous en conjure, ne me livrez pas aux autorités napolitaines, et surtout au capitaine Spirito Perduto.

— Sois tranquille, mon brave, je doute fort que nous retrouvions notre escorte; ces courageux soldats m'ont tout l'air d'avoir mis entre eux et nous une distance aussi respectable que la longueur de leurs jambes le leur aura permis. Quant à te livrer à la justice royale, nous verrons plus tard ce que nous aurons à faire.

— En attendant, tu vas souper avec nous. »

Le brigand accepta avec reconnaissance et but largement à la santé de ses vainqueurs, au point qu'à la fin du repas il roula sous la table et s'endormit avec un grand bruit de ronflements sonores.

« Pardieu, fit Placide, voilà un agréable compagnon, c'est plaisir de l'inviter, il fait honneur à ce qu'on lui offre! »

CHAPITRE XVIII

OU L'ON VOIT L'AVANTAGE QU'IL PEUT Y AVOIR A SE LIER D'AMITIÉ AVEC UN CHEF DE BRIGANDS

A Caserte, un des derniers relais avant Naples, Placide dit à ses camarades :

« Mes amis, je crois que nous ferons bien de quitter ici la diligence; il me paraît prudent de faire perdre nos traces, d'autant plus que, dans la chaleur de la lutte avec les brigands, nous avons, si je ne m'abuse, abandonné complètement l'accent britannique. Il n'en faut pas plus pour nous rendre suspects, et notre histoire sur Bouffalotti ne nous rendra pas populaires, à en juger par ce singulier bonhomme qui nous a reproché amèrement notre résistance.

— Tu as raison, approuva Larose; mais à propos de Bouffalotti, qu'allons-nous faire de ce particulier?

— Relâchons-le, reprit Flambardin, il n'est pas si mauvais diable qu'il en a l'air, c'est un bon vivant qui boit sec, et puis nous ne sommes pas chargés de faire la police du royaume de Naples. »

On décida unanimement de rendre à la liberté le captif, et on lui annonça cette bonne nouvelle aussitôt.

« Seigneurs Français, dit Demonio, avec une émotion sincère, vous êtes aussi généreux que braves; demandez-moi ma vie, elle vous appartient désormais.

— Tu as deviné que nous étions Français?

— Je vous ai entendu causer entre vous.

— Eh bien, écoute, il me semble qu'on peut se fier à toi; si tu nous es aussi reconnaissant que tu l'affirmes, tu peux t'acquitter envers nous...

— Seigneurs, disposez de moi. »

Placide, sans plus d'hésitation, mit son nouvel ami au courant de la situation et du but de son voyage; puis il ajouta :

« Comme tu le vois, tu peux nous être d'un grand secours, si, comme je le pense, tu connais Naples et si tu y as quelques relations. »

Bouffalotti sourit :

« J'ai des amis qui pourront vous être fort utiles.

— Dans ce cas, gagnons la ville promptement, nous trouverons bien quelque mauvaise carriole pour nous conduire.

— Je m'en charge; mais avant tout, quittez ces habits, sous lesquels vous pourriez être reconnus par vos compagnons de voyage, je vais vous en procurer d'autres. »

Une heure après, les touristes anglais étaient devenus d'affreux mendiants, hideusement estropiés; la canne de Placide, grâce à une habile préparation, s'était transformée en béquille à la dernière mode des loqueteux napolitains.

Sous ce nouveau travestissement les cinq hommes firent une entrée modeste dans la ville de Naples.

« J'ai, dit Bouffalotti, quelques personnes à voir, pour combiner la délivrance de votre amie, je vous rejoindrai dans une heure...

— Viens nous retrouver dans les environs du château de l'Œuf, répliqua Placide, nous allons pousser une reconnaissance autour de la forteresse, afin de connaître le terrain de nos opérations. »

Le château de l'Œuf était une grande construction blanche, dont les murailles élevées n'offraient à la vue que d'étroites fenêtres garnies de barreaux de fer, d'une solidité à toute épreuve.

La nuit était tombée, quand les Français terminèrent leur exploration; ils ne s'aperçurent pas qu'un homme de mauvaise mine, vêtu en lazzarone, les suivait à quelque distance, et ne les perdait pas de vue.

« Notre ami Demonio est bien long à revenir, remarqua l'Enflé, je commence à sentir vivement le besoin de prendre des forces, à l'aide d'un bon souper...

— Et d'un excellent lit, ajouta Raphaël en bâillant.

— Pourvu, fit Larose, que ce gibier de potence ne nous trahisse pas!

— Il ne peut nous dénoncer aux policiers, repartit Placide, ce sont gens dont il doit éviter la fréquentation avec soin. »

Les quatre amis étaient à ce moment auprès d'un angle formé par les murs du château, tout à coup, un coup de sifflet aigu retentit, une vingtaine de soldats surgirent autour d'eux, les saisirent, sans qu'ils eussent le temps de se mettre en défense; ils n'étaient pas encore revenus de leur surprise que déjà ils étaient enfermés dans deux cachots du fort : Placide et l'Enflé dans l'un, Larose et Raphaël dans l'autre.

« Voilà un grand pas de fait, ricana ironiquement l'Enflé, nous sommes dans la place.

— C'est vrai, mais je n'avais pas compté y pénétrer de cette façon!

— Ce gredin de Bouffalotti nous a livrés, évidemment!.. Ah, si je le tenais!...

— Cela me paraît, malheureusement, fort probable. J'ai fait une lourde faute en nous confiant à lui.

— Que veux-tu, tout le monde peut se tromper; une autre fois, ceci te servira de leçon.

— Hum! je ne sais trop si l'expérience pourra nous être bien utile à l'avenir, car je ne vois guère comment nous pourrons sortir d'ici, et si nous sommes, ainsi que je le crains, au pouvoir du vidame de Hautpignon, notre affaire est claire.

— Il est probable, en effet, qu'il ne nous fera pas grâce.

— Pauvre Giuseppina », soupira Placide.

Tandis que les deux prisonniers échangeaient ces peu consolantes réflexions, une scène d'un autre genre se passait dans un cachot situé à l'étage supérieur.

Dans une grande pièce carrée, froide et nue, meublée seulement d'une grossière couchette et d'un escabeau de bois, Giuseppina était debout, pâle, mais hautaine et fière, devant le capitaine Hercule.

« Giuseppina, je suis patient, j'ai tout le temps d'attendre votre consentement à notre mariage...

— Vous ne l'aurez jamais!

— Croyez-vous?.. Je vous vaincrai par la lassitude, vous resterez dans cette prison autant qu'il le faudra, toujours si vous ne cédez pas; quand vous voudrez enfin être libre, vous me ferez prévenir et je vous délivrerai; vous savez à quelle condition... Croyez-moi, vous serez forcée de plier devant ma volonté; faites-le tout de suite, vous vous épargnerez ainsi bien des souffrances.

— La plus pénible est assurément votre présence.

— Vous préféreriez sans doute celle du beau tambour-major, n'est-il pas vrai?... A propos, je vais vous donner de ses nouvelles; il est ici. »

Giuseppina tressaillit.

« Oui, et je puis vous le montrer; il est dans le cachot numéro 29; il était venu vous chercher avec trois forcenés de son espèce; j'ai cru devoir, par pure courtoisie, lui offrir un logement dans ce château.

— Vous mentez! s'écria la jeune fille, vous espérez avoir ainsi raison de moi; vous vous trompez, je connais vos perfidies et vous ne m'abuserez pas. Lâche! vous avez trop peur de lui pour avoir pu le prendre; vous n'avez de courage que pour insulter les femmes! Lâche! lâche! lâche! »

Hercule bondit sous l'outrage; hors de lui, grinçant des dents, il tira son épée et se rua sur Giuseppina.

En ce moment, on frappa à la porte avec force.

« Je suis bien simple, fit le misérable, de me mettre ainsi en colère. Ma belle enfant, je vais vous amener votre fiancé, vous pourrez vous convaincre, ainsi, que je vous ai dit la vérité; puis vous réfléchirez, et si demain vous n'êtes pas ma femme, M. Flambardin sera fusillé. »

Giuseppina poussa un grand cri et se laissa tomber sur son lit, la tête entre ses mains.

On frappa de nouveau :

« Qu'est-ce? » cria le vidame avec impatience en allant ouvrir.

Un guichetier apparut :

« C'est une dépêche urgente qu'on apporte pour vous, capitaine; on demande la réponse de suite.

— C'est bien, ferme cette porte avec soin... Où est le porteur de la dépêche? » continua-il, en faisant quelques pas dans le couloir.

Giuseppina dans son cachot.

Il ne reçut pas de réponse, mais un manteau s'abattit sur sa tête, s'enroula rapidement autour de ses membres et il tomba, à moitié étouffé, tandis que le guichetier, lui faisant sentir la pointe d'un poignard :

« Un seul mot, un seul cri, et tu es mort! »

Nous avons laissé Placide et l'Enflé devisant mélancoliquement; le tambour-major ne se décourageait pas facilement, aussi, après avoir songé un moment, dit-il au Parisien :

« Nous allons essayer de nous tirer de là.

— Je veux bien, mais comment?

— Je n'en suis pas à ma première évasion, je me suis déjà sauvé du collège...

— Ça n'a vraiment pas de rapport!

— Possible, mais ça prouve une vocation.

— Comment nous y prendrons-nous?

— C'est bien simple. On va nous apporter notre nourriture ; peut-être le geôlier sera-t-il accompagné d'un homme portant le pain et la cruche d'eau, menu ordinaire des prisons. Tu sauteras sur l'homme, et moi, avec ma canne — que l'on m'a laissée grâce à son déguisement en béquille, — je rendrai le geôlier muet, au moins pour un bon moment.

— Nous serons bien avancés! Une fois dans les couloirs, on nous repincera de suite.

— Pas du tout! nous prendrons les vêtements de ces messieurs et nous leur laisserons les nôtres; il faut être honnêtes, ce sera seulement un échange. Que dis-tu de mon plan?

— Adopté; et grâce aux clefs de notre gardien, nous délivrerons le sergent et Raphaël.

— Bravo! tu m'as compris.

— Chut! les voici, attention! »

La clef grinçait dans la serrure, et, comme Placide l'avait prévu, un geôlier pénétra dans le cachot, accompagné d'un aide portant deux pains et une cruche d'eau.

Avec la rapidité de la foudre, les prisonniers assommèrent leurs gardiens : Placide avec sa canne, l'Enflé avec la cruche arrachée aux mains du guichetier.

Vivement ils opérèrent leur changement de costume et ils sortirent en refermant la porte avec beaucoup de soin.

« Maintenant, où peut bien être le sergent?

— Voyons à côté. »

Flambardin chercha dans le trousseau de clefs celle qui allait à la porte voisine.

« Holà! mon garçon, ouvre-moi le cachot numéro 20. »

Les fugitifs se retournèrent et aperçurent un sous-officier de grenadiers napolitains, accompagné d'une douzaine d'hommes.

« Diantre! se dit le tambour-major, nous sommes perdus, ils vont voir nos remplaçants étendus à terre!...

— Empoignez-moi ces deux gaillards-là, commanda le sergent, et ouvrez vous-même, caporal Girolamo. »

L'ordre fut exécuté. Les deux Français, saisis vigoureusement par les grenadiers, ne pouvaient résister, et bientôt le chef de la troupe pénétra dans le numéro 20.

« Ah! ah! ah! fit-il en éclatant de rire, les oiseaux sont dénichés. »

Puis il s'approcha de ses prisonniers, et élevant à hauteur de sa figure le falot que portait un de ses hommes :

« Vous ne me reconnaissez pas, seigneurs Français?

— Bouffalotti !

— Lui-même. Avec quelques vieux amis, costumés comme vous voyez, nous sommes venus relever le poste, sous prétexte que le roi devait passer en revue demain matin le régiment de ligne qui fournissait la garde du château de l'Œuf, et nous sommes maîtres de la forteresse pour une heure, le temps qu'on va mettre à s'apercevoir de la ruse.

— Mon brave Demonio! s'écria Placide, en se jetant au cou de l'Italien.

— Hâtons-nous, les minutes sont précieuses; vous, signor l'Enflé, allez délivrer vos deux camarades, ici, à côté; vous, signor Flambardin, allez chercher la signora Giuseppina, à l'étage au-dessus, cachot numéro 20; voici des vêtements pour elle, faites vite; rejoignez-nous au corps de garde à la porte d'entrée, nous allons y faire le guet. »

CHAPITRE XIX

COMMENT BOUFFALOTTI SE RETIRA DES AFFAIRES, APRÈS FORTUNE FAITE

On l'a compris, par le récit qui précède : le geôlier arrivé si à propos pour interrompre la conversation du vidame avec Giuseppina était Flambardin en personne.

Après un moment donné à la joie de se revoir, Placide remit à la jeune fille le costume apporté pour elle par Bouffalotti, et bientôt elle apparut en fifre du régiment des grenadiers royaux.

Personne ne manquait au rendez-vous, et l'ex-chef de brigands, prenant la tête de la petite colonne, se dirigea au pas de course vers la mer.

Près du rivage, un yacht, à la fine voilure, à la coupe élégante, se balançait gracieusement sur les vagues.

« Voilà notre navire, fit Demonio, embarquons. »

A peine le dernier fugitif était-il à bord, qu'un coup de canon retentit, un nuage de fumée sortit d'une embrasure du château de l'Œuf.

« Nous sommes signalés, dit Bouffalotti ; déployez toute la toile, le vent est heureusement favorable, nous serons bientôt hors de portée de l'artillerie. »

Cet ordre fut aussitôt exécuté, et le vent, s'engouffrant dans les voiles, imprima au navire une marche rapide.

« Monsieur, dit Placide, en délivrant le vidame de Hautpignon de son manteau, vous pouvez vous rendre compte à présent que nous sommes tous réunis et en sûreté; c'est votre premier châtiment, le plus pénible, peut-être. »

Hercule ne répondit pas, il se contenta de jeter à son heureux rival un regard de haine mortelle.

Sur la plate-forme du fort, on distinguait une grande agitation; les artilleurs gagnaient leurs pièces et les chargeaient en toute hâte.

« Nous sommes encore à bonne portée, remarqua Larose, espérons que ces coquins ne sont pas trop adroits. »

A peine achevait-il ces mots, qu'une détonation formidable déchira les airs, un ouragan de fer siffla au-dessus du navire.

Placide poussa un cri d'horreur. Un boulet venait d'emporter la tête du capitaine Hercule, inondant le tambour-major de son sang.

« Voilà qui lui épargnera douze balles françaises », dit l'Enflé.

Ce fut toute l'oraison funèbre du vidame.

Cependant le yacht, qui n'avait subi aucune avarie sérieuse, filait sur les vagues avec le vent arrière, et bientôt il n'eut plus rien à craindre des projectiles napolitains.

La distance de Naples à Gênes est considérable, et, à cette époque surtout, où l'on naviguait uniquement à la voile, c'était une longue traversée; des vaisseaux anglais croisaient en grand nombre sur les côtes et ils abusaient singulièrement du droit de visite, au point même de combler les vides de leurs équipages avec les matelots des navires de commerce des nations amies.

Bouffalotti exposait cette situation périlleuse à Placide :

« Le mieux serait de prendre la chasse devant la moindre voile suspecte.

— Ah ! çà, vous m'avez l'air d'un loup de mer bien expérimenté !

— J'ai été marin dans ma jeunesse, et je connais les côtes d'Italie, les ayant longtemps fréquentées. J'ai acheté ce yacht pour le jour où je me retirerais des affaires.

— Et ce jour est proche?

— Il est venu. J'ai à présent une fortune suffisante; quand je vous aurai mis en sûreté à Gênes, j'irai vivre en honnête propriétaire à San-Remo, où j'ai fait bâtir un petit palais à mon goût. »

Une nuit, Flambardin fut éveillé par Demonio :

« Ne faites pas de bruit, et venez avec moi sur le pont.

— Qu'y a-t-il? fit le tambour-major en se frottant les yeux.

— Vous allez le savoir. »

La nuit était claire, et grâce à la lumière répandue par la lune, on y voyait presque comme en plein jour.

« Regardez. »

Elle apparut en fifre des grenadiers royaux.

« Placide aperçut, à une portée de canon, un vaisseau de ligne, à la corne duquel flottait le pavillon anglais.

« Diable! nous voilà dans une jolie situation!

— Le pire est que mon équipage porte toujours l'uniforme de la garde du roi de Naples. Comment expliquer la chose à ces mangeurs de roast-beef?

— Il y aurait un moyen...

— Lequel?

— Prendre le navire à l'abordage.

— Un vaisseau de cent canons!... avec une vingtaine d'hommes!...

— Pourquoi pas? Voyez, les matelots de quart doivent être endormis, rien ne bouge à bord; s'ils nous avaient vus, ils ne feraient pas tant de façon pour nous envoyer un canot.

— Mais...

— Allons, c'est notre seul moyen de salut; faites armer tout le monde, un peu d'audace et nous sommes sauvés. »

L'ex-brigand, encore stupéfait, exécuta les ordres de Flambardin qui divisa la petite troupe en quatre colonnes, sous les ordres de Larose, l'Enflé, Raphaël et Bouffalotti; il se réserva le commandement en chef.

Le yacht était arrivé bord à bord avec l'anglais; des grappins furent lancés, et on s'élança sur le pont ennemi.

Placide, saisissant le timonier, endormi profondément, le lança à la mer, sans qu'il eût poussé un cri; toute la bordée de quart subit le même sort, mais l'officier qui ronflait sur la dunette se réveilla et, tirant un pistolet de sa ceinture, fit feu sur le tambour-major, heureusement sans l'atteindre.

« Maladroit! » fit celui-ci, et d'un coup de sa redoutable canne, il l'étendit sans vie sur le pont.

L'équipage du yacht, après s'être débarrassé de ses adversaires, avait rapidement fermé et cloué toutes les issues par lesquelles les marins anglais auraient pu surgir de l'intérieur du navire.

Le vaisseau était pris.

« Per Bacco! s'écria tout à coup Bouffalotti, nous avons oublié la vigie. »

Et grimpant avec agilité jusqu'au poste occupé par le pauvre diable, il le fit descendre, après lui avoir démontré l'inutilité de la résistance.

« Ah! çà, mon garçon, lui dit-il en mauvais anglais, comment se fait-il que l'on soit si peu vigilant sur les vaisseaux de Sa Majesté Britannique?

— Nous avons rencontré une frégate française ce matin, elle nous a livré un combat acharné, puis nous avons été séparés d'elle par une tempête terrible dans le golfe de Gênes; nous étions tous harassés de fatigue et nous nous sommes endormis.

— C'est bien. Beppo, tu surveilleras ce brave garçon, pour qu'il ne nous joue pas quelque tour. Qu'on mette le yacht à la remorque et virons pour gagner Gênes; nous arriverons au petit jour, nous n'en sommes plus éloignés maintenant... »

Demonio fut interrompu par le bruit de violents coups de crosses frappés de l'intérieur sur un grand panneau de chêne cloué sur l'ouverture donnant accès à l'entrepont.

Alors, se couchant à plat ventre, il cria :

« Messieurs les Anglais, toute lutte est impossible, veuillez vous calmer; nous sommes en force, et si vous parveniez même à sortir, vous seriez massacrés en détail; ne sacrifiez pas inutilement la vie de tant de braves gens. »

Sans doute le capitaine ennemi, dans l'ignorance où il était du nombre de ses adversaires, trouva le raisonnement juste, car ces étranges prisonniers ne donnèrent plus signe de vie.

Le lendemain, le *Kent* — c'était le nom du bâtiment — faisait son entrée triomphale dans le port.

La 18e demi-brigade tenait précisément garnison dans la ville, et le premier soin de Placide fut d'aller trouver son commandant, promu chef du corps, à présent reformé et renforcé par des recrues venues de France.

« Mon commandant, dit-il, nous voici de retour; nous venons vous remercier du congé que vous avez bien voulu nous accorder.

— Bien, mon brave; je vois à ton air satisfait que tu as heureusement réussi.

— Oui, mon commandant; et, pour vous témoigner notre reconnaissance, nous avons rapporté un petit souvenir de notre expédition, mais pour le déballer nous aurions besoin de toute une compagnie.

— C'est donc bien lourd?

— Heu! assez.

— Ma foi, tu piques ma curiosité, je vais conduire moi-même la compagnie que tu demandes. »

Une heure après, les soldats de la 18e étaient rangés en bataille sur le pont du *Kent*, face au grand panneau que Placide faisait enlever.

L'équipage anglais en sortit, confus et tête basse, pour aller prendre place sur le gaillard d'avant.

« Voilà notre présent, mon commandant.

— Je l'accepte, mon ami; mais comme tout ceci me paraît incompréhensible, tu viendras ce soir dîner avec moi, ainsi que tes compagnons de voyage, et au dessert... Qu'est-ce encore que cela?... »

Bouffalotti et ses hommes, toujours vêtus en grenadiers napolitains, venaient de faire leur apparition, escortant Giuseppina.

« Mon commandant, c'est un camarade auquel nous devons la liberté et même la vie.

— C'est bien, tu l'amèneras aussi. Au dessert, tu me conteras toutes vos aventures. J'ai d'ailleurs quelque chose à vous remettre, de la part du Premier Consul. A ce soir. »

Flambardin, Larose, l'Enflé et Raphaël passèrent la journée à s'équiper de pied en cap, pour faire honneur à l'invitation de leur chef; ils procurèrent à Giuseppina des vêtements simples mais élégants, et enfin ils allèrent à la marine où on leur compta deux cent mille francs à chacun pour leur part de prise déjà vendue.

Les quatre amis n'en revenaient pas.

De son côté, Bouffalotti avait revêtu son équipage des costumes de marins trouvés sur le navire anglais; le bon Demonio s'était composé un uniforme d'une fantaisie étonnante : habit rouge à épaulettes de général, pantalon blanc à bande d'or et chapeau de feutre exagérément empanaché de plumes de coq; il se croyait superbe ainsi et se regardait dans toutes les glaces avec une évidente satisfaction.

Enfin, l'heure du fameux dîner arriva; tous les officiers du régiment étaient réunis à la table de leur chef, dans la salle de l'*Albergo di Milano* [1]. Un peu étonné de l'accoutrement excentrique de l'ex-brigand, le commandant le mit cependant à sa droite, Placide à sa gauche, puis enfin Larose, l'Enflé et Raphaël, à côté des officiers supérieurs.

Flambardin narra de point en point toute sa campagne, et, quand il eut fini, le commandant se leva :

« Messieurs, je bois à la santé des intrépides qui viennent d'honorer une fois de plus la 18e demi-brigade ; déjà leur courage avait été mis à l'ordre de l'armée, je suis heureux de leur offrir, au nom du Premier Consul, la récompense qu'ils ont si dignement méritée. »

Il fit un signe, et les soldats qui servaient apportèrent aux quatre compa-

1. Hôtel de Milan.

gnons des sabres d'honneur, distinction tenant lieu alors des ordres supprimés.

« Je bois aussi, poursuivit-il, au signor Bouffalotti ; si, dans son passé, quelques incidents sont regrettables, il a racheté sa vie d'autrefois par une bonne et courageuse action ; je l'en remercie et je tiens à serrer cette main qui a sauvé des Français. »

Demonio, très troublé, serra avec émotion la main du commandant.

« Enfin, pour conclure, le tambour-major de la 18e a droit maintenant à son congé définitif, je le lui remets et je pense qu'il ne tardera pas à en profiter pour aller présenter sa femme à ses parents. »

Placide prit ses papiers de libération et remercia son supérieur avec une joie contenue seulement par le respect.

Deux jours après, le mariage de Placide-César-Honoré Flambardin avec Giuseppina-Enrichetta Coraglia était célébré à Milan.

CHAPITRE XX

ÉPILOGUE

Quelques années après les événements que nous venons de raconter, l'enseigne du *Galant Berger* resplendissait toujours au-dessus de la boutique, plus achalandée que jamais; au nom de César-Aristoloche, avait été ajoutée la mention suivante :

PLACIDE FLAMBARDIN

FILS ET SUCCESSEUR

L'ancien tambour-major avait pris la suite des affaires paternelles; ses parents se reposaient maintenant, s'occupant à élever leurs petits-enfants, diables roses qui faisaient des parties d'équitation sur la canne, la fameuse canne, demeurée dans la famille comme un talisman bienfaisant.

L'Enflé avait pris son congé, lui aussi, il était devenu l'homme de confiance, le factotum de la maison.

Raphaël avait repris avec succès sa carrière artistique, et, grâce à la protection de Flambardin et surtout de la jolie Giuseppina que tout le monde adorait, il avait trouvé une clientèle inépuisable dans les commerçants du quartier; la mode était venue de se faire peindre par lui, et il parlait de renoncer bientôt à la peinture lucrative pour se donner tout entier au grand art.

Larose était resté au régiment, le vieux soldat avait conquis les épaulettes de capitaine après mille exploits, et, un beau jour, il avait pris sa retraite,

Il obtint la place de suisse.

auprès de ses anciens amis, à la suite d'une blessure qui avait nécessité l'amputation d'une jambe.

Placide, pour ne pas abandonner sa chère canne, fut pris d'une idée lumineuse; la place de suisse était vacante dans la paroisse Saint-Paul, il la demanda, l'obtint sans peine, et put figurer avec joie dans les cérémonies pompeuses du culte, rétablies par le Concordat, avec cette fidèle compagne de ses exploits.

Un jour, il rencontra dans l'église un homme à la face cramoisie, aux favoris roux, vêtu avec une recherche de mauvais goût, portant une trop grosse chaîne d'or massif, avec trop de bijoux et des diamants à tous les doigts.

Cet individu, qui avait l'air d'un Anglais en voyage, s'approcha du suisse et lui dit :

« Vous ne me reconnaissez pas?

— Bouffalotti! cria tout à coup Placide.

Bouffalotti avait pris de l'embonpoint.

— Lui-même!

— Par quel heureux hasard?

— Je m'ennuyais dans l'inactivité de San-Remo et j'ai voulu me promener.

— Je vous tiens, je ne vous quitte pas, je vais vous présenter à ma famille. »

Je laisse à penser l'accueil qui fut fait à Demonio; il se montra si aimable et si séduisant, qu'après son départ, César-Aristoloche put dire à son fils :

« Il n'y a pas à dire, il est charmant!... Mais il n'est pas trop à fréquenter; après tout, c'est un ancien brigand!... »

Bouffalotti regagna son palais et on ne le revit plus; il avait pris de l'embonpoint, s'était marié et était devenu un honnête père de famille.

TABLE DES MATIÈRES

Coulommiers. — Imp. Paul BRODARD

IMP. NOIZETTE, 8, RUE CAMPAGNE-PREMIÈRE, PARIS

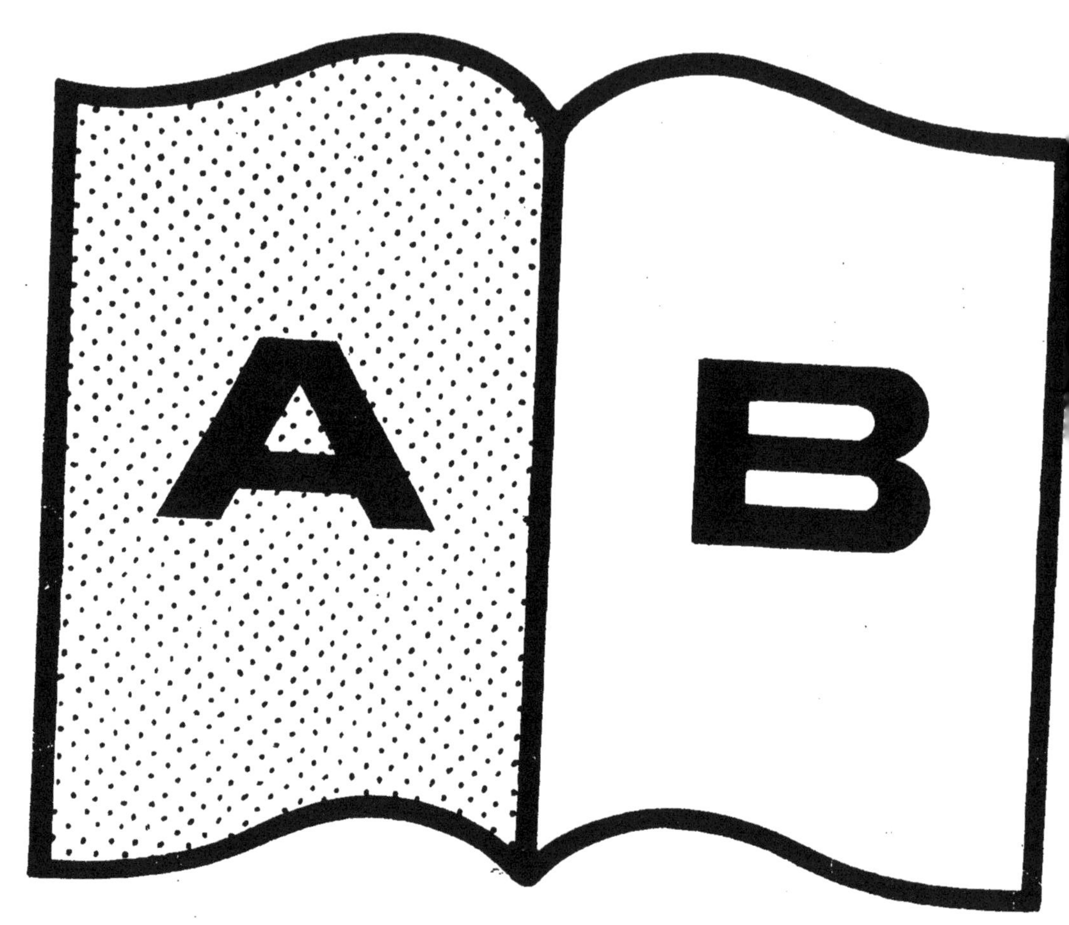

Contraste insuffisant

NF Z 43-120-14

www.ingramcontent.com/pod-product-compliance
Ingram Content Group UK Ltd.
Pitfield, Milton Keynes, MK11 3LW, UK
UKHW021059200726
13857UKWH00003B/1019

9 782012 895522